男と女の江戸川柳

小栗清吾
OGURI SEIGO

HEIBONSHA

男と女の江戸川柳●目次

凡例

（一）掲載句の表記

掲載句のテキストは、『定本 誹風末摘花《はいふうすえつむはな》』（有光書房）、『誹風柳多留《やなぎだる》全集』（三省堂）、『誹風柳多留拾《しゅう》遺《い》』（岩波書店）、『初代川柳《せんりゅう》選句集』（岩波書店）、『川柳評万句《まんく》合《あわせ》勝《かち》句刷《くずり》』（川柳雑俳研究会）を使用しましたが、読みやすさを最優先して、すべて現代かなづかいに直し、「漢字」・「かな」も適宜変更しました。従って、テキストとはかなり異なっており、「句の読み」に近いものと考えていただきたいと思います。また、あきらかな誤字・脱字は訂正しました。

（二）掲載句の出典

掲載句にはすべて出典を付しました。出典の略号は、江戸川柳関係の出版物で一般的に行われている表記に従いました。多く使われている略号を例示すれば次の通りです。

①誹風末摘花

頭に「末」を付け、続けて篇数《へんすう》・丁数《ちょうすう》を表記します。例えば「末三8」とあれば、『末摘花』三篇の8丁にある句という意です。以下同様です。

②誹風柳多留

柳多留を示す文字を表記せず、篇数（漢数字）・丁数（算用数字）のみを表記します。「別」は別編を示します。

③誹風柳多留拾遺・初代川柳選句集

各句集の題名の一字を略号として頭に付け、続けて篇数・丁数を表記します。略号は次の通りです。『柳多留拾遺』＝拾。『川傍柳《かわぞいやなぎ》』＝傍。『藐姑柳《はこやなぎ》』＝藐。『柳籠裏《やなぎごり》』＝籠。『玉柳』＝玉。『やない筥』＝筥。

④川柳評万句合

万句合の興行年を略称で頭に付け、続けて興行順を示す相印（合印）を表記します。例えば、「明三義5」は、「明和三年」の「義」印の勝句刷の5枚目にあるという意です。相印のない場合は、「開き」（選句）の月日を表記します。例えば、「宝七9 15」は「宝暦七年九月十五日開き」の意です。

略号は次の通りです。宝暦＝宝。明和＝明。安永＝安。天明＝天。寛政＝寛。

（三）挿絵

挿絵はすべて『川柳末摘花輪講』（太平書屋）から転載しました。適宜トリミングしてあります。

（四）引用文献

文中で使用した謡曲の文章は、すべて『謡曲三百五十番集』（日本名著全集刊行会）から引用しました。ただし、ルビは現代かなづかいに変更しました。

まえがき

この本は、江戸川柳の中からいわゆる「破礼句《ばれく》」を選んでご紹介するものです。全部で七二〇句掲載してありますが、そのうち三四四句は『誹風末摘花《はいふうすえつむはな》』から拾ってあります。と申し上げれば、江戸川柳の知識をお持ちの方はすぐおわかりでしょうが、江戸川柳にあまりおなじみでない方のために、少しご説明しておきます。

「破礼句」という言葉を辞書で引きますと、「卑猥《ひわい》なことをよんだ川柳。みだらな内容の川柳」（『日本国語大辞典』）とあります。下がかりなことを指す「ばれ」という言葉があり（「ばれを言う」というように使います）、そういうことを詠んだ句だから「ばれ句（破礼句）」と言うようです。

また、『誹風末摘花』（安永五年初篇発行）は、破礼句を集めた貴重な句集です。柄井《からい》川柳が選んだ入選句「万句合《まんくあわせ》」の中から「末番句《すえばんく》」（破礼句）を摘み集めたということで「末摘花」と名づけられたと言われますが、「ワイセツ書」として一九四七年まで何度も発禁になったことで有名です。

つまりこの本は、私の旧著『はじめての江戸川柳』（平凡社新書）の副題である「「なるほど」と「ニヤリ」を楽しむ」でいえば、「ニヤリ」の方に焦点を当てた本ということになります。

しかし、ここで急いで付け加えたいのは、「なるほど」の方も忘れずに鑑賞していただきたいということです。

江戸川柳は、古今東西・森羅万象、あらゆるものを題材にしますが、「可笑《おか》しい題材」だけを探し出して詠むのではなくて、悲しいこと、苦しいこと、恥ずかしいこと、何でもかんでも題材にして、それをデフォルメしたり、謎に仕立てたり、さまざまに加工することによって「可笑しがる」。それが江戸川柳だと私は思っています。

例えば、「詠史句《えいしく》」は、歴史・伝説上の人物や出来事を題材にしますが、それをただ「五七五」にしただけでは川柳にはなりません。「浦島は亀の背中で竜宮へ」では単なる「報告」です。「長いこと亀の背中に座っていたら、亀甲の模様がお尻に付いただろうなあ」と、どうでもいい些細《ささい》なことに注目して可笑しがると、「浦島の尻六角な形だらけ」と川柳になります。

「破礼句」も同じことです。男と女が関わるときは、本能に従って無防備になるだけに、人間の可笑しさ、哀しさ、可愛らしさ、いわば人間の業《ごう》のようなものがあからさまに現れますから、もともと「可笑しい題材」なのですが、表現の仕方によっては単に「卑猥でみだらな」だけの川柳になりかねません。それをいかに工夫して「可笑しがる」か。そこが破礼句作者の腕の見せどころです。

冒頭で申し上げましたように、この本にはたくさんの破礼句が掲載してあります。じっくりお読みいただいて、やっぱり『日本国語大辞典』の定義のように「卑猥でみだらな」句とお感じになるか、それとも「そうそう、そういう可笑しいことがよくあるよね」「なるほどなるほど、うまいこと作るな」と思っていただける句もあるか、読者の皆様にぜひ判定していただきたいと思います。

第一章　ようこそ、破礼句の世界へ

この本では、破礼句を題材別に章を分けてご紹介しますが、この第一章だけは、特にテーマを設けずアトランダムに句を並べておきます。まずは気楽にざっと眺めていただいて、「破礼句って、大体こういうようなものなんだな」と体感していただきたいと思います。

蛤《はまぐり》は初手《しょて》赤貝《あかがい》は夜中《よなか》なり　末初2

破礼句集『誹風末摘花』（初篇）の冒頭を飾る句です。文字通り、蛤は最初に賞味し、赤貝は夜中に賞味するというのですが、どういうことでしょうか。

これは婚礼当日の様子を詠んだ句です。江戸時代の婚礼には、必ず蛤の吸い物が出されました。それで、花聟《はなむこ》はまず婚礼の宴席で蛤を賞味し、夜中になったら花嫁の赤貝を賞味するというのです。貝の名前を二つ並べて、謎句風に仕立てたところが面白い句です。

夜蕎麦売《よそばう》りいつの間《ま》にやら子《こ》をでかし　末初3

「夜蕎麦売り」は、夕方から深夜まで街頭で蕎麦を売り歩く商売です。普通の人が子づくりに励んでいる時間に商売をしているわけですから、子供をつくる機会がなさそうなのに、いつの間にやら子供をつくっているねというのです。

誰《だ》が広《ひろ》くしたと女房《にょうぼ》は言《い》い込《こ》める　末初9

閨房での夫婦の会話です。
亭主「お前のは締まりがないなあ。何だか広くなったようだ」
女房「広くて悪かったね。だけど、誰が広くしたんだい。お前さんじゃないか」
亭主「うーん、ま、それはそうだが……」
もちろん喧嘩をしているわけではありません。いちゃついているのです。

しにばかり行《ゆ》くと女房《にょうぼ》は思《おも》うなり　末初18

吉原遊びの好きな亭主が、「吉原は男を磨く所なんだ。友だちとの付き合いや商売上の社交の場でもあるし」などと理屈を言っても、女房は「いろいろ言うけど、要するに、しに行くだけのことだろ」と思っているというのです。男の世界と女の世界は、永久に嚙み合わないようです。

日済貸《ひなしかし》邪魔《じゃま》で間《ま》男《おとこ》立《た》て替《かえ》る　末初20

「日済貸」は、毎日少しずつ返済する約束で貸す高利貸の一種です。その高利貸がやってきて、「今日の分の返済をしてもらうまでは帰らねえ」などと居座っているのですが、それで困ったのがこの家の女房と密通している男、すなわち間男です。こんな怖い人に居座られては邪魔でしょうがないので、返済金を立て替えて支払い、引き取ってもらうことにしたのです。間男の困惑振りが可笑しい句です。

割《わ》れているものをお袋《ふくろ》危《あぶ》ながり　末初22

「割れる」は処女を失うことです。娘はとっくに初体験を済ませているのに、何も知らないお袋が、危ながって男を近づけないように一生懸命になっているのです。いつの時代でも、親は自分の娘がいつまでもねんねでいると思っている、あるいはねんねでいてほしいと願っているようですね。

至極承知《しごくしょうち》でも女《おんな》は辞儀《じぎ》をする　末初34

「辞儀をする」は、辞退すること。女というものは、男に口説かれてすっかりオーケーでも、一応「いや」と言ったりするものだという意味です。「いやよいやよも好きのうち」という文句もありました。もっとも本当に「いや」という場合もあるので、そのへんの見分け方が難しいですね。男にとって永遠の難問であります。

楊貴妃《ようきひ》と織女《しょくじょ》いっしょによがるなり　末二3

白楽天『長恨歌』によりますと、楊貴妃と玄宗皇帝は、七月七日に長生殿で愛し合ったそうです。七月七日は七夕で、牽牛・織女が年に一度の逢瀬を楽しむ日ですから、楊貴妃と織女はいっしょによがることになるというのです。強引に結び付けますね。

口《くち》までは吸《す》ったが邪魔《じゃま》の多《おお》い内《うち》　末二9

男女がひそかに逢って、接吻まではしたのですが、それ以上の行動に出ようとすると、人の出入りが激しくて邪魔の多い家だというのです。商家の奉公人でしょうか。江戸川柳に接吻の句は少ないのですが、江戸時代でもやっぱりしたようです。

恥《はじ》もかかせずさせもせず発明《はつめい》さ　末二16

「発明」は、賢いという意味です。口説いてきた男に恥もかかせず、といってさせることもせず、まことに賢い女だというのです。川柳のパターンからいうと「後家」でしょうか。作者の本音を言うと、あまり賢い行動をとらないで、させてくれる方がお互いにハッピーではないかねということでしょうが。

急《いそ》ぐ駕籠《かご》にわかにしたくなったやつ　末二17

吉原をめざし急いで飛ばす駕籠を見て、「にわかにしたくなったやつだな」というのです。吉原へ駕籠を急がせるのは見慣れた光景でしょうが、それを「急にしたくなったやつが乗っている」と下世話に決めつけるところが、可笑しい句です。

納豆《なっとう》を腹《はら》の上《うえ》から呼《よ》んでおき　末二34

早朝から一義に及んでいたら、納豆売りの声が聞こえたので、亭主が女房の腹の上に乗ったまま、大声で呼び止めたのです。長屋の住人でしょうか。納豆売りはしばらく待たされるのでしょうね。

股《また》ぐらへあてがってみる志度《しど》の海士《あま》　末二38

謡曲『海士』を題材にした句です。唐から贈られた「面向不背《めんこうふはい》の珠《たま》」を竜神に奪われたため、淡海公（藤原不比等《ふひと》）は志度の海士と契りを交わして、竜宮から珠を取り返してくるよう命じます。海士は海底に潜って珠を奪い返し、自分の乳の下を切り裂いて珠を押し込んで引き上げられ、我が命と引き替えに珠の奪還を成し遂げます。

破礼句作者は、こういう感動的な物語に対しても、「珠を隠すなら、もっといい場所があるじゃないか」と、「入《い》れ所《どこ》も有《あ》るに乳《ち》の下野暮《したやぼ》なこと」（三〇10）などと意見していますが、主題句はその答えみたいなもので、「やはり、一度は股ぐらへあてがってはみたんだろうね」というのです。

中日《ちゅうにち》に初《はじ》めて嫁《よめ》は昼間《ひるま》され　末三3

新婚夫婦は、昼夜をわかたず励むことになっていますが、姑のいる家庭ではそうはいきません。そこで、お彼岸の中日に姑がお寺参りにでも出かけた留守に、初めて昼間の交歓を行ったのです。あるいは、六阿弥陀詣（一九八頁参照）にでも出かけてくれれば一日帰ってきませんから、安心してできたことでしょう。

申《もう》し子《ご》も夢《ゆめ》ばかりではできぬなり　末三8

「申し子」は、神仏に祈願して授かった子です。夢に神仏が現れて子供が授かるというような話がよくありますが、子供が授かることを夢見ていくら神仏にお願いしても、それだけでは子供はできないよ、することはしなければねという、身も蓋もない科学的な句であります。

泣《な》き出《だ》され夫婦《ふうふ》角力《ずもう》が割《わ》れになり　末三14

「割れ角力」は引き分けのこと。夫婦の営みを始めたところ、あいにく子供が泣き出したので、中断のやむなきに至ったのです。泣き出す年頃はまだいいですが、もう少し大きくなると次句のようになります。

とっさんとかかさまと寝《ね》て何《なに》をする　末三15

説明不要でしょう。子供はこういう疑問を持ちながら大きくなるのです。

せんずりをかくと北条《ほうじょう》取《と》っ替《か》える　末四7

「せんずりをかく」は、男が自慰をすること、「北条」は、鎌倉幕府の執権を代々務めた北条氏のことです。源実朝が亡くなって源氏の正統が途絶えると、北条氏は幼年の傀儡《かいらい》将軍を据え、成長すると交替させることを続けました。つまり自慰をするような年齢になると取り替えてしまうというのです。奇抜な表現ですが、歴史にくわしい作者ですね。

しさえせにゃいいのにとめと名《な》を付《つ》ける　末四15

もうこれ以上子供ができないように「とめ」(留)と名前を付けるよりも、要は「しなければいいのに」というのです。反論不能の理屈であります。

ため息一《いきひと》つくちびるで紙《かみ》を取《と》り　末四17

コトが終わり、女性がため息を一つついて、事後用の紙を唇で取るという妖艶な場面です。とは言うものの、唇でどうやって取るのか、手はどうなっているのか、よくわかりません。みなさん勝手に想像して下さい。

減《へ》りはせまいけれども広《ひろ》くはなろう　末四33

「いいじゃないか、減るもんじゃなし」という口説きに対する答えです。真実はどうなのかよく知りません。

次に、よくもまあ、何でも破礼句にしますねという句を三句ご紹介します。

気《き》を付《つ》けて見《み》ればおかしい柏餅《かしわもち》　宝九桜

おやかしたように居眠《いねむ》る福禄寿《ふくろくじゅ》　明二義7

縄《なわ》すだれ毛深《けぶか》いように出入《ではい》りし　明四梅5

第一句は、よく気を付けて見れば、柏餅は女陰に似ているというのです。そう言われればそうかもしれません。第二句、福禄寿は長い禿げ頭が特徴の福神様です。この福禄寿が居眠りをして、長い禿げ頭をこっくりこっくりと動かしている様子は、まるで、男根が勃起しているようだというのです。第三句は、縄すだれを両手でかきわけて出入りする様子は、毛深い女陰の毛をかきわけて一義に及ぼうとしているようだというのです。

このようじゃもうもう用《よう》はたされまい　宝九松

老いた男性が、わが一物の元気のない様子を見て「このようじゃ、もうもう用はたされまい」と歎いている様子です。いずれ誰にも来る時ではありますが。

昼踏《ひるふ》んで鳴《な》らぬ梯子《はしご》の恨《うら》めしき　宝十宮2

夜這いに行ったところ、梯子段が大きな音で鳴ったので、驚いて引っ返した男の述懐でしょう。昼間は鳴らないのに、夜に這っていくと鳴るんだよなあと。昼間でも鳴るが他の雑音で聞こえないだけというのが真実でしょうが、まあ、この気の毒な夜這い男に同情してあげましょう。

熊《くま》の皮見《かわみ》て女房《にょうぼう》の義理《ぎり》を言《い》い　宝十三満2

「義理を言う」は、挨拶の口上を述べることです。よその家を訪問した亭主が、その家に敷いてあった熊の皮を見て、「そうそう、女房からもよろしくと申しておりました」などと挨拶をしているというのです。よほど毛深い女房なんですね。

女房《にょうぼう》を湯《ゆ》に遣《や》り亭主酒《ていしゅさけ》を飲《の》み　宝十三桜2

「湯ぼぼ酒まら」と言って、湯に入った後の女陰と、酒を飲んだときの男根は具合がいいのだそうです。女房を湯へ行かせ、亭主は酒を飲んで待っていれば、まもなく歓喜のときが訪れます。

第二章　男と女の一生①――娘から新婚まで

この章と次の章では、男と女の一生の関わり合いを詠んだ句をご紹介しましょう。

1　娘になる

十三《じゅうさん》と十六《じゅうろく》ただの年《とし》でなし　末初5

十三歳と十六歳はただの年ではない、特別の意味のある年齢だけど、なんのことかわかるかねという句です。答えは「十三ぱっかり毛十六」という成句です。十三歳になると女陰がぱっかりとして初潮を迎え、十六歳になると陰毛が生えるのだそうです。

めっきりとおいどの開《ひら》くお十三《じゅうさん》　末三25

初潮の始まる十三歳にもなれば、おいど（お尻）がめっきりと成長して女らしくなるというのです。

豆《まめ》に花咲《はなさ》くと小豆《あずき》の飯《めし》を炊《た》き　六一6

なぜ小豆飯《あずきめし》だと兄《あに》は聞《き》きたがり　二五10

「豆」は女陰のこと。花が咲く（初潮を迎える）と、小豆飯を炊いてお祝いをします。しかし、男の子はさっぱり疎くて、お兄ちゃんは「どうして小豆飯を炊いたの」などと怪訝な顔です。

十六《じゅうろく》の春《はる》から稗《ひえ》を蒔《ま》いたよう　末四26

時候違《じこうたが》えず十六《じゅうろく》の春《はる》は生《は》え　末二5

十六歳になった春から、稗の種を蒔いたように毛が生えてきたというのですが、いわゆる「稗蒔《ひえまき》」を踏まえた句です。「稗蒔」は、「水盤などの中に水を含んだ綿を置き、稗や粟の種子をまいて発芽させ、その芽の緑を観賞する盆栽」（『日本国語大辞典』・以下『日国』）です。そんな春草が十六歳の春になれば必ず生えるというのです。

しかし、中には時候通りにいかない娘もいたことでしょう。

十七《じゅうしち》で生《は》えぬを母《はは》は苦労《くろう》がり　明六信4

「まだ生えてこないけど、異常じゃないかしら」と、お母さんが心配したりします。

【労咳】
年頃になっても性欲が発散できなくて気鬱《きうつ》になると「労咳《ろうがい》」という病気になるといわれていました。「労咳」は現在の肺結核のことのようですが、川柳では概《おおむ》ね性欲に結び付けられています。

病根《びょうこん》をたずねてみればさせたいの　末初16

恋《こい》の盗《ぬす》みをさせないで病《や》み出《いだ》し　末三2

娘の病気の原因を調べてみたら「させたい」ということだった。つまり、親の眼を盗んで恋をすることのないように厳重に見張っていると、労咳を発病するというのです。

黒《くろ》を飼《か》うのはさせたいが高《こう》じたの　末三33

労咳の治療には、黒猫を飼うといいという俗信を詠んだ句です。つまり、労咳になって黒猫を飼うのは、「させたい」という娘の気持ちが高じた結果だというのです。

そうだとすれば、

猫《ねこ》よりも黒《くろ》いへのこが薬《くすり》なり　安六信4

黒い猫を飼うより、黒い男根をあてがうのが薬になるに違いありません。

因みに、男の労咳の治療法は簡単で、

男《おとこ》の労咳《ろうがい》五《ご》町《ちょう》で治《なお》すなり　一七18

「五町」すなわち吉原で遊べば一発で全快です。

2 恋の駆け引き

年頃になると、生物の本能でしょうか、男が女の身体を求めて口説くようになります。当人が我を忘れて一生懸命なだけに、そこに人間の可笑しさ、可愛らしさがストレートに表れて、興味深いものがあります。

以下、その口説いている句をご紹介します。「娘」の文字がない句は、人妻や後家が相手の可能性もありますが、一応ここにあげておきます。

痛《いた》いことないと娘《むすめ》を口説《くど》くなり　末初6

小娘《こむすめ》を頭《あたま》ばかりと口説《くど》くなり　末初12

「痛いことはないから、大丈夫だよ。全部入れるわけじゃなくて、頭の所をちょこっと入れるだけだからさ」などと口説きます。

おれがのは小《ちい》さいと守《もり》口説《くど》かれる　末初26

「おれの一物は小さいから、痛くないぞ」と子守娘を口説いているのです。「小さいから」という奇抜な口説き文句が可笑しいですね。「おれがのは」という言い方は、田舎から出てきた下男あたりでしょうか。

孕《はら》まない仕方《しかた》があると口説《くど》くなり　末二6

こちらは、「妊娠しない方法があるから、安心してさせな」というのです。なかなかポイントを突いた口説き方ですが、江戸時代のことですから、実際にどうするつもりなんでしょうか。

なかには、拝み倒し作戦に出るやつもいます。

木《き》のようにして拝《おが》むわな拝《おが》むわな　末二8

口説《くど》きようこそあろうのに手《て》を合《あ》わせ　末二19

「拝むからさせてくれ」と懇願するというのですが、男としてはいかがなものでしょうか。恥ずかしいといえば恥ずかしい、可愛いといえば可愛い、といったところでしょうか。

しかし、この辺はまだまともな方で、もっと直接的に迫るのもいます。

させろとはあんまり俗《ぞく》な口説《くど》きよう　末二4

折《お》れそうだからとは下卑《げび》た口説《くど》きよう　末二38

「さあ、させろよ」とか、「折れそうに固くなっているからさせろ」などというのは、あまりにも俗っぽく下卑た口説きようだというのです。

さらには、直接行動に出るやつもいます。

おえきったのをさし付《つ》けて口説《くど》くなり　末初32

戦闘態勢十分になったのを押し付けて口説くというのです。ここまで来ると「口説く」という行動の限界ぎりぎりでしょう。

さて、口説かれた娘の方は、川柳で見る限り、拒絶することが多いようです。

木娘《きむすめ》はさせそうにしてよしにする　末二25

「木娘（生娘）」は、まだ男を知らない初心《うぶ》な娘のことで、させそうな雰囲気にはなったものの、やっぱり「いやだ」ということになったりします。

木娘《きむすめ》にしたたかへのこ引《ひ》っかかれ　末二19

先の句のようにさしつけて直接行動に出たやつは、引っかかれたりします。

木《き》のようにさせて娘《むすめ》は声《こえ》を上《あ》げ　末三7

これは何とかなりそうだと、一物を木のように固くした時分になって、突然娘が大声を上げて拒絶したのです。なかなか難しいものです。

しかし、すべて失敗というわけでもなさそうです。本来、男と女は動物的本能で結びつくようにできていますから、

させたいとしたいはじきに出来《でき》るなり　末二22

となるはずです。「したい」男が迫ったとき、女が「させたい」気になりさえすれば、

あれあれが立《た》ち消《ぎ》えのする出来《でき》たやつ　末三30

最初は「あれあれ」と抵抗していた女の声が、やがて立ち消えしてうまくいくことになります。「出来る」は、男が女をものにすることです。

3 婚礼

さて、いろいろあった後、めでたく婚礼の日を迎えます。

【仲人】

婚礼には、かならず仲人がいます。現代では、儀式に出席するだけの形式的な仲人も多いようですが、江戸時代の仲人は、

うじつくを仲人屏風《なこうどびょうぶ》へ素引《そび》き込《こ》み　八40

という句があるように、婚礼当日、うじうじと躊躇《ちゅうちょ》している新郎新婦を、屏風で囲った新枕の床へ導いていくところまで世話をしました。

そうなると、年配の仲人でも、新婚さんに刺激されてその気になるだろうというのが、破礼句作者の鋭い推察です。

木《き》のようにして仲人《なこうど》は床《とこ》をとり　末四1

床の準備をする頃から、興奮して一物を木のように硬直させている仲人。

仲人《なこうど》は早《はや》く開《ひら》いて内《うち》でする　末三20

宴会はなるべく早く「お開き」にして家に帰り、女房とコトに及びます。

仲人《なこうど》も古《ふる》い簞笥《たんす》を鳴《な》らすなり　天五信3

新婚夫婦は「当分《とうぶん》は昼《ひる》も簞笥《たんす》の鐶《かん》が鳴《な》り」（七22）と、夜昼なしに振動を起こして簞笥の鐶《かん》を鳴らしますが、仲人も古い女房を相手に久しぶりに簞笥の鐶を鳴らします。

江戸時代の婚礼は夜行われました。ですから、儀式や宴会が終わって新郎新婦が初夜を迎えるのは、ずいぶん遅い時間になったようです。

呼《よ》んだ晩始《ばんはじ》めると夜《よ》が明《あ》けるなり　末三17

「呼ぶ」は、妻を娶《めと》ることです。婚礼の晩にようやく二人がし始めた頃は、もう夜明けだというのです。それでもできたのはいい方で、

手回《てまわ》しをせぬとしはぐる新枕《にいまくら》　末二5

よほど段取りよくして議事進行しないと、新枕をし損なうことにもなります。そこで仲人も、なるべく早く終わるように段取りをして（自分も早く帰ってしたい！）、

おっ嵌《ぱ》めてやらぬばかりにして開《ひら》き　末四27

新郎の一物を新婦に嵌め込まんばかりに世話をし、お開きにして帰宅します。

差《さ》し引《ひ》き残《のこ》り二人《ふたり》寝《ね》る恥《は》ずかしさ　三四16

あとには差し引き新郎新婦二人だけが、恥ずかしい新枕の床に残ります。

【初夜】
現代のさばけた女性たちはどうか知りませんが、江戸時代の花嫁は初夜がとても心配だったようです。

鑓《やり》ででも突《つ》かれるように嫁案《よめあん》じ　末二4

大《おお》きくもあろうかと嫁苦労《よめくろう》なり　末二2

「鑓で突かれるような感じだろうか」とか、「聟殿のモノは大きいだろうか、ちゃんと入るだろうか」とか心配したりして床に入り、

今《いま》するかするかとこわく恥《は》ずかしい　末四2

と、怖くも恥ずかしい思いで待っていると、

恥《は》ずかしさ覚悟《かくご》の前《まえ》へ割《わ》り込《こ》まれ　末二14

覚悟の上とはいいながら、股間を広げられて割り込まれるという恥ずかしいことになるのです。そして、

花嫁《はなよめ》はひだるい腹《はら》へ乗《の》せるなり　末初29

夕方から何も食べていないぺこぺこのお腹に新郎を乗せて、めでたく完了となります。

さて、翌朝が明けます。

図１「初夜」西川祐信画『絵本筆津花』上（延享４年）

ゆうべしたとは知《し》れている恥《は》ずかしさ

天二梅2

昨晩したことは、関係者全員が知っているわけですから、これは恥ずかしいですね。

続いて数日中に里帰り。

湯《ゆ》が沁《し》みて苦《にが》い顔《かお》する里帰《さとがえ》り

宝一一信3

実家の風呂に入ってホッとはするのですが、開通したての部分に湯が沁みるようです。花嫁は、このように初心なのが、亭主にとって嬉しいことです。

花嫁《はなよめ》のよがるはできたことでなし

末初23

嫁入り早々から大いによがるのは、花嫁としてはあまりいいことではないというのです。現代ではどうなんでしょうか。

【持参嫁】

ところで、多額の持参金を持って嫁に来た「持参嫁」は、なかなか微妙な存在です。川柳で「持参嫁」は、容貌がひどく醜いとか、身体的な欠陥があるなどのために、持参金の力でようやく結婚までこぎつけた女性のことですが、もらう男の方は金欲しさに欠点があることは覚悟の上で結婚したものの、いざ結婚してみるとやはり欠点が目について仕方がない、ということになっています。女性の方も欠点を自覚してはいるが、しかし持参金の威力を誇って、男性を下に見る気持がないではない。このあたりは実に複雑なのです。

百両《ひやくりよう》でやっとへのこにありつかせ　安八桜5

金《かね》ずくでやっと娘《むすめ》をしてもらい　末二29

川柳では、持参金は「百両」が相場になっています。親としては、娘に百両を付けて、やっとのことで男根にありつかせた、娘を金ずくでやっと「して」もらったというのですが、前述のように、男の方は金をもらってしまえば、あまり「したくない」というのが正直な心境です。

持参《じさん》を呼《よ》んでせないのはぶったくり　末四11

しかし、嫁にもらって「しない」というのは、やはりぶったくりということになりかねません。そこでお義理にすることはするのですが、

持参金《じさんきん》来《き》た晩《ばん》にしたまんまなり　末初23

嫁に来た晩にしたまんまで、その後はほったらかしという男もいるようです。

持参金《じさんきん》したとは見《み》えて孕《はら》んだり　安四智7

めでたく妊娠しても「孕んだところをみると、あのご面相でもしたとみえるね」などとからかわれたりします。

愛想《あいそう》にしたのに持参孕《じさんはら》むなり　末四17

そこで亭主としては、「別にしたくてしたわけではなくて、愛想のつもりでしたのが孕んじまって」などと、気取ってみせたりします。

前述のように、多額の持参金を自慢にする嫁もいて、

いただいてしなさえと言う持参金《じさんきん》　末三24

「私とするなら、有り難くおしいただいてしなせえ」などと言うのもいれば、

尻《しり》からはいやと持参《じさん》を鼻《はな》に掛《か》け　末初12

バックからする体位はいやだと注文を付けたりします。

しかし、一般的には、自分の欠点を引け目に思っていて、ちゃんと嫁として扱ってもらえるかどうか心配しているのが普通です。そこで、

持参金茶臼《じさんきんちゃうす》が出《で》たで安堵《あんど》する　末三8

という句もできることになります。普通にしてくれたばかりか、茶臼（女性上位）でしようというほど馴れ親しんできたというわけです。エブリィボディハッピイですね。

4　新婚（新世帯）

川柳には「新世帯《あらぜたい》」という語がよく出てきます。新婚世帯には違いないのですが、川柳

では、親の許さぬ訳ありの世帯で、小さな貸家に二人だけで住んでいる、というようなニュアンスを持っています。破礼句ではありませんが、参考になる句をご紹介しておきます。

尺八《しやくはち》に胸《むね》の驚《おどろ》く新世帯《あらぜたい》　二40

密通した姦夫姦婦《かんぶかんぷ》が駆け落ちし、隠れ住んでいる世帯です。妻と密通して逃げた男と妻を探し出して討つことを「女敵討《めがたきう》ち」と言いますが、川柳では、女敵討ちの夫は虚無僧姿になり、尺八を吹いて門付けをしながら二人を探すことになっていますので、夫の目を逃れて隠れ住んでいる「新世帯」の二人は、尺八の音が聞こえてくると、さては探し出されたかと胸が驚くというのです。

母《はは》らしい人《ひと》の尋《たず》ねる新世帯《あらぜたい》　一〇31

親の許さぬ結婚をした新世帯です。親の許可がないのですから、家族・親類付き合いもありません。しかし、そんな事態を心配した母親が、新世帯の場所を尋ねてやってくるというのです。近所の人にも大っぴらに親がやってきたとは言えない状況を「母らしい人」という表現で表したところが技巧です。

新世帯《あらぜたい》まだ撥胼胝《ばちだこ》のある小指《こゆび》　一四八1

「撥胼胝」は、三味線をしょっちゅう弾いているために、撥を持つ手指にできる胼胝のことです。おそらく、親の反対を押し切って芸者上がりと結婚したような場合でしょう。「新世帯」は、一応、こういうニュアンスを持った言葉ではありますが、以下の破礼句を鑑賞する上では、ざっくりと「新婚家庭」と考えていただいてもかまいません。ただ、普通に両親や家族のいる家に「嫁入り」した場合には、家族の目がありますから、

新世帯《あらぜたい》夜《よる》することも昼間《ひるま》する　末初5

というような自由な行動はできません。このへんが違うところです。

では、新婚夫婦が日夜励む様子を詠んだ句を列挙していきましょう。

新世帯人《あらぜたいひと》の思《おも》ったほどはせず　末四2

と、世間の常識に反逆するような句もありますが、以下の句を見る限りは、「人の思った通りしている」ようです。

手《て》に触《さわ》る物《もの》を枕《まくら》に新世帯《あらぜたい》　明三満1

家中どこでも、たちまちそこが交歓の褥《しとね》になります。

新世帯《あらぜたい》夜《よる》だ昼《ひる》だの差別《しゃべつ》なし　明三松5

むろん、昼夜の区別もありません。二十四時間フル操業です。

食《く》うよりかするに追《お》われる新世帯《あらぜたい》　天五義3

普通の所帯は、貧乏で「食う」に追われるものですが、新世帯は「する」に追われます。

新世帯《あらぜたい》刻《きざ》み掛《か》けてはしに入《はい》り　末二30

朝食の準備に起きた女房が、台所で野菜などを刻み始めたのですが、まだ寝床の中にいる亭主が声をかけると、いそいそと「しに入る」のです。

掛《か》け向《む》かい何時《なんどき》しようと好《す》きなこと　末三12

「掛け向かい」は、二人きりで向かい合っていること。二人だけの新世帯では、何時《いつ》しようが思うままです。

内裏雛《だいりびな》寝床《ねどこ》へ落《お》ちる新世帯《あらぜたい》　末三8

交歓の振動で、家具の上に置いてあった内裏雛が、寝床に落ちてきたというのです。親の許しを得た夫婦なら、堂々たる雛壇に立派な内裏雛が飾られるはずですが、新世帯では簡素な雛人形がちょっと置いてあるだけなのです。それにしても、人形が転げ落ちるだけの振動といえば相当なものだと思うのですが、

根太《ねだ》の落《お》ちるほど精《せい》を出《だ》す若世帯《わかぜたい》　末三19

新世帯《あらぜたい》ある夜隣《よとな》りの壁《かべ》が落《お》ち　一二二別18

根太（床板を支える横木）や壁が落ちるのですから、人形が転げ落ちるくらいは、当たり前かもしれません。

新世帯《あらぜたい》隣《とな》りでもつい過《す》ごすなり　安九義3

罪《つみ》なこと後家《ごけ》の隣《とな》りに新世帯《あらぜたい》　玉21

この振動が昼夜分かたず伝わってくる隣の住人は大変です。長屋なら薄い壁一つ隔てた

だけですから、刺激されるのは当然で、こちらもついつい過ごすことになります。まして、隣の住人が後家だったりしたら、まことに「罪なこと」というほかありません。

【がまんの日】

これは新婚夫婦に限りませんが、夫婦の営みを休まねばならない場合があります。

一つは、妻の月経期間です。川柳では七日間ということになっています。したくてたまらない亭主は、

月《つき》の内《うち》たった七日《なのか》をぶっつくさ　宝七9 15

たった七日間できないだけなのに、ぶつくさ言うのです。しかし、女房にしてみれば、

七日《なのか》ばかなんのこったと女房《にょうぼ》言い　末初35

「たった七日間ばかり何のこった」という感じでしょう。

そういわれても我慢できない亭主が、強引に迫ったりすると、

よしな嫌《いや》じゃないけれどけがれやす　末三26

「よしな、嫌というわけじゃないけど、お前さんの物がけがれるからさ」という女房の返事。それに対して亭主の方は、

けがれてもよいとはきつい弾《はず》みよう　末初5

「けがれたってかまわないよ」とその気満々の入れ込みようです。

結局のところ、お互いに納得していればいいわけで、

薄《うす》く見《み》るぐらいではするその当座《とうざ》　安八仁6

新婚ほやほやの二人が、うっすらと始まったぐらいならするというもよろしいですし、

ご亭主《ていしゅ》は六日《むいか》のあたり願《ねが》って見《み》　明二義5

六日目頃に「そろそろどうだい」などと打診してみて、「いいわよ」となればそれでいいのです。でも、決して無理強いしてはいけません。

七日《なのか》さえ休《やす》みやせぬと女房《にょうぼ》出《で》る　末三20

と、あきれた女房が出ていってしまうような事態は避けましょう。

もう一つ我慢しなければならないのは、産後の節制です。産後の七十五日間は交わってはいけないとされていました。女房の身体のためとはいえ、七日間の我慢がなかなかできない亭主にとって、七十五日は大変な苦行であります。

宮参《みやまい》り時分《じぶん》願《ねが》って叱《しか》られる　末初14

子供が生まれて一ヶ月ほど経ったころに、産土神《うぶすながみ》にお参りをします。これを「宮参り」と言います。この句は、産後の節制に我慢しきれなくなった亭主が、お宮参り時分に「どうだい、もうそろそろしてもいいだろう」などと言い出して、叱られているのです。

宮参《みやまい》りさてまだ四十《しじゅう》五日《ごにち》あり　八六31

女房にダメと言われれば仕方がありませんが、「やれやれまだ四十五日間もあるわい」と、がっかりしている亭主です。

このようにフライングする亭主もいますが、大体はおとなしく七十五日間謹んで、

今少《いますこ》し七十《しちじゅう》五日《ごにち》暮《く》れかかり　明元礼3

「さあ、今日が終われば、いよいよ明日は解禁日。もう少しだ」という期待の中で、七十

五日目が暮れかかります。
明けてめでたく七十六日目。

嫌《いや》と言《い》わせぬは七十《しちじゅう》六日目《ろくにちめ》　天六和3

「今日は何が何でもするぞ。万が一にも嫌とは言わせぬぞ」と張り切る亭主。

早《はや》く寝《ね》る女房《にょうぼ》七十六日目《しちじゅうろくにちめ》　五〇13

鼻紙《はながみ》の用意《ようい》七十六日目《しちじゅうろくにちめ》　末三27

無論女房も異存なく、鼻紙の用意をして早めに床につきます。その夜には、

初物《はつもの》のように七十《しちじゅう》五日《ごにち》ぶり　六四13

まるで初体験のように交歓をしたというのですが、「初物を食べると七十五日長生きする」という俚諺《りげん》を踏まえた表現です。

ついぞない朝寝《あさね》七十七日目《しちじゅうしちにちめ》　三七32

翌朝は、いまだかつてないほどの朝寝をすることになります。産後の肥立《ひだ》ちも良かったことでしょう。めでたしめでたし。

第三章　男と女の一生②——中年から老年まで

さて、楽しい新婚時代も終わり、夫婦関係も円熟の時代を迎えます。ただただ物珍しく、触れ合ってさえいれば楽しかった時代から、お互いになれ合ってくる一方で、忍び寄る倦怠を新しい刺激で乗り越える時代へと入っていきます。

1　夫婦の営み

では、まず円熟夫婦の営みの種々相を詠んだ句からご紹介しましょう。

【きっかけ】

毎日するのが当然の新婚時代とは違って、「今夜どう？」という合図が必要になります。

その心《こころ》ふとんへ紙《かみ》をはさむなり　末三21

女房が蒲団へ紙を挟んで寝る。これはわかりやすいお誘いの合図です。

寝《ね》たふりで夫《おっと》に触《さわ》る公事《くじ》だくみ　末初2

「公事だくみ」は、下心を持ってことを仕掛けることです。女房が寝たふりをして、寝返りでも打って亭主に触ると、それをきっかけに……という場面です。

かかるかと女房《にょうぼう》まじりまじり待《ま》ち　末三32

「まじりまじり」は、「まじまじ」と同じで、しきりにまばたきなどして眠れないさまを表す語です。女房が寝床で「そろそろ亭主が取りかかってくる頃だ」と、眠らないで待っているのです。

ふとした刺激でしたくなることもあります。

見《み》るは目《め》の毒女房《どくにょうぼう》の寝相《ねぞう》なり　末二35

夏の暑い夜などに、女房が肌を露わにして寝ているのを見て、亭主がムラムラときて取りかかるという場面でしょう。

蚊《か》を焼《や》く紙燭《しそく》吹《ふ》っ消《け》してまあ待ちな　末三21

「紙燭」は、紙や布を細く巻いて縒《よ》った上に蠟を塗った小型の照明具で、ここでは、蚊帳《かや》に入ってしまった蚊を焼くのに使っています。前の句と同じように、夏の暑いときに、紙燭の灯りで露わな姿が見えたりして、おもわず袖を引くと、「まあ、待ちな」とまず紙燭を吹き消してからというわけです。

【熟練の楽しみ】

女房もすっかり開発されて、快楽の世界を楽しみます。

しっぺたで蒲団《ふとん》をえぐりえぐり泣《な》き　末四24

尻で蒲団をえぐるように動かしながら、よがり泣きをするのです。

とんだよがりようへのこを吹《ふ》き出《いだ》し　末三29

あまりによがって悶えたために、肝心の一物を吹き出してしまったというのです。「吹き出す」という表現が奇抜ですが、どうしたんでしょうね。

悪《わる》い癖《くせ》女房《にようぼ》よろこび泣《な》きをする　末二21

もう泣《な》きはせぬからよやと女房言《にようぼい》い　末初29

女房がよがり泣きをするのは、亭主にとって気分のいいものだと思うのですが、亭主が「悪い癖」だときめつけ、女房も「もう泣かないから」と謝っているのは、家屋の事情からでしょうか。お姑さんに聞こえたら一大事です。

声を出すのは我慢するとしても、もうお互いに何でもありの世界です。

このようにさせはせまいと女房言《にようぼい》い　末四12

「お前さんは、吉原の遊女はいいというけれど、こんなふうにさせはせまいよ」と、閨《ねや》の中で女房が言っているのです。思い切り変わった体位でもしているのでしょうか。

ただし、女房は、昼間するのが好きではないようです。

真《ま》っ昼間《ぴるま》かかって亭主《ていしゆ》食《く》らわされ　末二16

昼間に女房に手を出したら、肘鉄を食らわされたのです。亭主としては、

我《わ》が女房《にようぼ》でも昼《ひる》するは盗《ぬす》むよう　末二14

たとえ自分の女房でも、真っ昼間するのは他人の女房を盗んでいるような感じがして、やってみたいのですが。

しかし、何事も相手の気に入るようにしておけば無難ではあります。

抜《ぬ》けるまでおきなと腿《もも》へかじりつき　末初8

ひとりでに抜《ぬ》けるまでそうしておきな　末二24

抜《ぬ》けるまでおけば女房《にようぼ》も機嫌《きげん》なり　末二9

コトが終わると男性は急激に醒めるが、女性はなだらかに静まっていくものなので、女性のためにあまり早く抜いてはいけないのだそうです。自然に抜けるまで納めておけば、女房はご機嫌です。

【夫婦喧嘩】

仲の良い夫婦も時には喧嘩します。昼間の喧嘩が夜の営み拒否になるのは当然です。

腹《はら》の立《た》つ晩《ばん》真《ま》ん中《なか》へ子《こ》を寝《ね》かし　天六仁2

腹を立てた女房が、亭主との間に子供を寝かせて、拒否の意思表示をします。

してもらわずといいのさと女房《にょうぼ》すね　末三29
立《た》て引《ひ》きでしたいを女房《にょうぼ》堪《こら》えてる　天六宮2
負《ま》け惜《お》しみ女房《にょうぼ》したくはないと言《い》い　末四13

それでも亭主がご機嫌を取ろうとちょっかいを出すと、女房は「してもらわなくてもいいのさ」などとすねて向こうをむいてしまいます。「立て引き」は意地を張ること。女房も本当はしたいのですが、夫婦喧嘩の行きがかり上の意地や負け惜しみで我慢をしている、というのです。

しかし、長年連れ添った夫婦ですから、そういつまでも喧嘩が続くわけではありません。

手《て》が触《さわ》り足《あし》が触《さわ》って仲直《なかなお》り　七五40
夜着《よぎ》壱《ひと》つ二人《ふたり》でかぶる仲直《なかなお》り　明三天1

だいたいそんなことで元通りになります。

喧嘩というわけではありませんが、夫婦間で意見一致しないことがよくあります。例えば、亭主が病気で体力が落ちているのにやたらとしたがるので、女房が困惑しながらさせる、ということもあります。

意見《いけん》言《い》い言《い》い女房《にようぼう》はさせるなり　安九信3

毒《どく》だによ毒《どく》だによとて内儀《ないぎ》嵌《は》め　末四10

医者様《いしやさま》に言《い》っつけやすと女房《にようぼ》させ　末二38

「身体に毒ですよ、お医者様に言いつけますよ」などと意見を言いながらも、させる女房。本音では女房もしたいので、何となくなし崩しになるのです。その結果、

女房《にようぼう》を痛《いた》み入《い》らせて医者帰《いしやかえ》り　安六松5

と、女房が叱られることになるのですが。

【円満和合】

いろいろあっても、夫婦円満の秘訣は、夜の生活をしっかりすることでありましょう。

分別《ふんべつ》をして女房《にょうぼう》のばかりする　末初21

「分別」は物事をわきまえること。吉原で遊んだりしたけれど、いろいろ考えて女房のものばかりするようになったというのです。単にもてなくなっただけか、金がないだけか、かもしれませんが、結果オーライでしょう。

夏六《かろく》をば用《もち》い無冬《むとう》は茶《ちゃ》にしてい　末三26

房事の回数をいう俗説に「春三《しゅんさん》夏六《かろく》秋一《しゅういち》無冬《むとう》」があります。この回数がどういう単位なのか、季単位か月単位か日単位か、諸説があってはっきりしませんが、ともかくこの句では、回数の多い「夏六」は教えに従い、「無冬」の方は「茶にする」（まじめにとりあわない）ことにして、年中励むというのです。

あまりこびついて女房《にょうぼ》に安《やす》くされ　末二26

亭主としては、あまりに女房に媚びついていると、甘く見られる危険があります。しかし、女房がご機嫌でいてくれればよしとしましょう。

よく続《つづ》きなさると女房大機嫌《にょうぼおおきげん》　末二13

「よく続きなさる」は、回数とも持続時間ともとれますが、いずれにしてもサービスに励んでおけば、夫婦仲は安泰であります。

2 茶臼

夫婦関係も慣れてくると、新しい刺激を求めることになります。その一つが、女性上位の体位、すなわち「茶臼《ちゃうす》」です。「茶臼」という石臼は、葉茶を挽いて抹茶にする道具ですが、下の臼の突起を上の臼の穴に差し込む構造になっているところから、女性上位の体位の意味に用いられます。

現代ではどうか知りませんが、江戸川柳に出てくる女性たちは、なぜか茶臼を嫌がり、反対に男は茶臼を好むことになっています。

女房《にょうぼう》を口説《くど》くを聞《き》けば茶臼《ちゃうす》なり　末二20

亭主が自分の女房を口説くのは変だと思ったら、茶臼を説得しているというのです。

口《くち》を酸《す》くして女房《にようぼう》を腹《はら》へ乗《の》せ　末二33

今夜《こんや》ばかりよと女房上《にようぼううえ》になり　末二23

口を酸っぱくして説得した結果、女房もいやいやながら承諾、「今夜だけよ」と言いながら、亭主の上になります。

しかし、もともと気のりしない体位ですから、颯爽と跨がるわけではなく、

女房《にようぼう》はにじり上《あ》がりに茶臼挽《ちやうすひ》く　末二5

じりじりとよじ登ることになります。なお、「にじり上がり」は茶室の出入り口である「にじり口」と同義ですので、「茶臼」の縁語になっているのが技巧です。

下《した》にしてくれなと女房切《にようぼせつ》ながり　末二36

渋々上になっても、やっぱり辛くなって途中で体位変更を要求したりしますから、亭主ものんびり下で楽しんでいるわけにもいかず、

茶臼《ちやうす》の愛想《あいそう》に亭主《ていしゆ》揉《も》みっ尻《ちり》　末三2

女房のご機嫌を取るために、女房の動きに合わせ尻をもじもじと動かして、女房の快感を高める工夫をしたりします。

ただし、下であまり動くのも考えもので、女上位に不慣れな女房は、

女房《にようぼう》に茶臼《ちやうす》挽《ひ》かせりゃ引《ひ》っぱずし　末初34

一物をときどき取りはずしたりします。しかし、それもだんだん慣れてきて、

もう覚《おぼ》えやしたと女房《にようぼう》上《うえ》になり　天二松3

という頃には、一物を上手に納めて上でも下でも満足ということになって、

よく持《も》ちゃげなよと女房上《にようぼううえ》で言《い》い　安八仁6

もっと大腰《おおごし》にと亭主下《ていしゆした》で言《い》い　末二33

女房が上から「しっかり持ち上げなよ」と言えば、亭主が下から「もっと大きく腰を使え」などと注文を出すほどになります。女房も口で言うほど嫌いではないようで、

しゃんとおやしなと女房乗《にようぼうの》っかかり　末四3

元気のない亭主の一物を励ましながら、積極的に乗りかかってくる女房もいます。
男の好む茶臼ではありますが、男にとって難点がないわけではありません。

茶臼《ちやうす》ではなくて白酒臼《しろざけうす》のよう　末初25

茶臼《ちやうす》では柄漏《えも》りがすると亭主言《ていしゆい》い　五五9

上になった女房がよがって白酒のような淫液を出すと、傘の柄を伝わって雨が漏る「柄漏り」のように、亭主の一物を伝わって滴ります。加えて、フィニッシュで亭主の放出した精液まで落ちてきますから、

茶臼《ちやうす》終《お》わってしんまくのその悪《わる》さ　末三9

終了後のしんまく（後始末）が大変です。
普通の家庭では、亭主が頼んで女房も仕方なく応じるというのが定番ですが、入り聟の場合は様相が異なります。女房は家付きの娘ですから、すべてに主導権を握っています。

入《い》り聟《むこ》は茶臼《ちやうす》を望《のぞ》み叱《しか》られる　天元礼3

うかつに茶臼を望んで、「とんでもない」と叱られるかと思えば、

下《した》になりなと入《い》り聟《むこ》を好《す》きな事《こと》　一七42

気まぐれで「おまえ、下になりな」と横柄に茶臼を要求されたりします。上でも下でも横でも、女房のお望みの体位で奉仕しなければならないのが、入り聟の宿命です。

一方、妾の場合はまったく別の世界です。男が悦ぶことは何でも積極的に行うのが収益の源泉ですから、もちろん茶臼も進んで仕掛けます。

こういたしゃ茶臼《ちやうす》と妾《めかけ》上《うえ》になり　末四16

殿様の御妾が「こういうふうにいたしますと、これが茶臼というものでございます」と言いながら、殿様の上になっている光景です。殿様はもちろん大喜び。そこを狙っておねだりするのも、御妾の得意技です。

心棒《しんぼう》をはめると茶臼《ちやうす》ねだり言《ごと》　末三12

殿様を下にして心棒をはめ込んでから、おもむろにねだり言を言えば、めろめろの殿様が何でもお聞き届けになるのは必定です。

図2「茶臼」月岡雪鼎画『女大楽宝開』

茶臼《ちやうす》の夜《よ》お袋《ふくろ》五人扶持《ごにんぶち》になり　安四梅3
茶臼《ちやうす》のあした弟《おとうと》が召《め》し出《だ》され　二三42

その夜早速に、お袋に五人扶持の俸禄《ほうろく》が与えられ、翌日には弟が呼び出されて、侍に取り立てられることになります。

最後に、可笑しい句を一つ。

逆子《さかご》産《う》みそれから茶臼《ちやうす》とんとやめ　末四26

そんな心配は無用と思うのですが……。

3　芋田楽《いもでんがく》

家庭内の揉めごとの一つに「芋田楽」があります。芋田楽は、本来は芋料理の一つで、里芋などを柔らかく蒸したりして串に刺し、味噌を塗って火であぶったものですが、親芋と小芋を一本の串で刺し通すことから、一人の男が母娘と情交することを言います。ここでは入り聟が姑《しゅうとめ》（嫁の母）と関係する句をご紹介しておきましょう。

嫁《よめ》のへのこをお袋《ふくろ》が取《と》り上《あ》げる　末四14

聟の男根は嫁のもののはずですが、嫁のお袋が取り上げてしまうのです。

姑《しゅうと》のもので聟《むこ》をもてなすで揉《も》め　傍二18

姑が聟をもてなすのに「自分のもの」を使っては、当然揉めごとになります。姑もできるだけ隠しておくのですが、同じ屋根の下ではいずれ露顕します。

とんだ事聟《ことむこ》の寝所《ねどこ》に母《はは》の櫛《くし》　七一19

さらに進んでいくと、いよいよのっぴきならないことになります。

おかしさは芋田楽《いもでんがく》で相孕《あいばら》み　末四5

「相孕み」は、一家のうちで二人の女が同時に妊娠することです。揉めごともここまでくると修復不可能です。

済《す》まぬ揉めとうとう聟《むこ》が出《で》るになり　傍五35

聟が家を出る以外、解決の方法はありません。

4 亭主の浮気

さて、夫婦生活が長くなると、亭主も女房も浮気の虫がうずくようになります。
亭主は、もちろん吉原へ出かけるのが定番ですが、もっと身近なところで下女に手を出して、女房と揉めることもあります。

女房《にょうぼう》を三声《みこえ》起《お》こして下女《げじょ》へ這《は》い　末三6

夜中に、亭主が女房に三回声を掛け、よく寝入っているのを確かめてから下女に夜這いを掛けるというのです。
もっとも、努力して這っていっても、下女が応諾する保証はありません。

かみ様《さま》へ忠臣《ちゅうしん》立《だ》てに下女《げじょ》させず　末二21

女房へことさら忠臣らしく振る舞って、させない下女もいます。仕方がないので、

いやならばいいがかかあにそう言《い》うな　末二13

と念を押して退却することになりますが、

させぬのみならず女房《にょうぼ》に言《い》っ付《つ》ける　末二19

という踏んだり蹴ったりの目に遭うこともありますから、事前のリサーチが肝要です。

もちろん、女房も油断していません。

すっぱりと這《は》わせておいて内儀起《ないぎお》き　末初14

寝《ね》たふりで這《は》い込《こ》むとこを女房見《にょうぼみ》る　天五義3

眠った振りをして亭主に這わせておき、頃合いを見計らって現場に踏み込む作戦です。「三声起こして」大丈夫と思った亭主は、まんまと引っ掛かったのかもしれませんね。

下女《げじょ》が夜着借《よぎか》りて亭主《ていしゅ》を謝《あやま》らせ　末初6

こちらは、女房があらかじめ下女の寝床で待っていて、何も知らずに這ってきた亭主を

捕まえてとっちめるのです。
しかし、男たるもの、たまには女房の目をかいくぐって成功することもあります。

女房《にょうぼう》の寝耳《ねみみ》へ下女《げじょ》のよがり声《ごえ》　末初23

寝ている女房の耳に飛び込んできたのは、「寝耳に水」ならぬ下女のよがり声。女房に聞こえるほどによがられたのは、亭主の誤算だったかもしれませんが、

案配《あんばい》は下女《げじょ》のが良《よ》いでやかましい　末初18

女房より格段に案配のいい名器だったりすると、すっぱりと止めるのはいかにも惜しいものです。多少家内が喧しくなったら、こう言って女房を説得しましょう。

そちは二世《にせ》あれは三月四日《さんがつよっか》まで　末四22

「三月四日」は、奉公人の雇用契約の最終日です。継続契約（重年《ちょうねん》）をしない限り翌日から別の奉公人と交替します。これを「出替《でが》わり」と言います。また、諺に「親子は一世、夫婦は二世」と言って、夫婦は現世のみならず来世までの縁で結ばれているとされます。
そこで「お前とは二世を契った深い仲なのだが、あれは三月四日までの関係だ。そう目

くじら立てて怒るな」というわけです。

5 間男

「間男《まおとこ》」は、もはや死語になっていますが、「夫を持つ女が、他の男とひそかに肉体関係を結ぶこと。また、その密通した相手の男」（『日国』）です。

江戸時代、密通した男女は死刑になります。現場を押さえた亭主が二人を殺してもお咎めはありません。したがって、亭主が下女に這うのとは違って、本来命がけの所業なのですが、川柳に出てくる女房は、結構あっけらかんと楽しんでいるのが可笑しいところです。

【亭主に秘密】

当然のことですが、間男を亭主に知られてはなりません。

町内《ちょうない》で知《し》らぬは亭主《ていしゅ》ばかりなり　末四17

という有名な句がありますが、そこまでだまし通すには、周到な注意が必要です。

現代なら、亭主が会社に出勤した後で出かけて、ラブホテルで落ち合うことも可能でしょうが、江戸時代の女房はそう簡単には外出できません。そこで、亭主が出かけてしばらく帰ってこないという状況を見極めてから、家に男を呼び込むことになります。

とっさんは留守《るす》かかさんが来《き》なさいと　安二仁4

携帯電話で「出かけたから、早く来て」などと連絡できない江戸時代では、伝令役が必要です。この句の場合は、なんとわが子に「父《とっ》さんが留守だから来なさい、と母《かか》さんが言っています」と、間男を呼び出しに行かせているのです。おおらかと言えばおおらか、大胆と言えば大胆ですが、さて、どんな子供に育つのでしょうね。

もちろん、たまには段取りの狂うこともあります。

二階《にかい》へ指《ゆび》をさし間男《まおとこ》を帰《かえ》し　末四29

出かけるはずの亭主がまだ家にいるのに、間男が来てしまったというような場合でしょう。そっと二階を指さし、「まだいるよ」と合図して帰らせるのです。

万一、他人に感づかれたときは、亭主には知られぬように対策を打たねばなりません。

間男《まおとこ》を御用《ごよう》百《ひやく》にて他言《たごん》せず　一三9

町内を駆け回る御用聞きに知られたら、そこいら中に触れて歩きかねません。そこで百文やって他言しないよう買収したのです。蕎麦一杯十六文の時代に、百文の口止め料は高いのか安いのか。死罪と引き替えなら安いものでしょうか。

口止《くちど》めに内儀《ないぎ》下女《げじょ》のも知《し》らぬ顔《かお》　安六55会

下女に見付かった場合は、「お前の色事も黙っていてやるから、間男のことは内証だよ」などと、バーターで口止めするのです。

当然のことながら、亭主本人への対策も怠ってはなりません。

けどられまいと女房《にょうぼう》はさせるなり　末二13

間男の一物で十分満足していても、それを亭主に察知されないよう、欲しくてたまらないふりでさせるのです。また、しょっちゅうしておけば、

亭主《ていしゅ》へは孕《はら》んだ時《とき》のためにさせ　安六松5

間男の子を孕んだときのいいわけにもなるわけです。

【旅の留守】

日常生活の中での間男は何かと制約が多く、落ち着いて楽しむことはできませんが、亭主が旅行に出かけるとなれば、これは絶好のチャンスです。現代のように飛行機も新幹線もありませんから、伊勢参りにでも出かければ、当分帰ってきません。

旅《たび》の留守《るす》何《なに》をしようと好《す》きな事《こと》　安元天2

ということになります。

もっとも、亭主の方が一枚上手《うわて》で、旅に立ったと見せかけておいて、油断をした姦夫姦婦《かんぷかんぷ》を現行犯逮捕しようとたくらむ手合いもいます。

旅立《たびだ》ちと号《ごう》し間男《まおとこ》捕《つか》まえる　明六天2

「号する」は、表向きそのように言うことです。

江《え》の島《しま》は嘘《うそ》だと二人押《ふたりお》さえつけ　明五松5

「江の島まで、二泊三日で行ってくる」などと言って出かけながら、品川あたりに泊まってとって返したのでしょう。江の島は、今日ではもちろん東京から日帰りのできる観光地ですが、江戸時代でも、「江《え》の島《しま》はゆうべ話《はな》して今日《きょう》の旅《たび》」（四33）といった案配で、大した支度もしないで出かけられるところですから、ダミーに使うには恰好な場所です。最初からわなに掛けるつもりではなく、途中から思い付いて帰ってくることもあります。

鶴見《つるみ》から気《き》が付《つ》き取《と》って返《かえ》すなり　安四鶴1

江戸―鶴見間は約二〇キロくらいですから、健脚な江戸人なら半日で帰ってきます。女房も油断はなりません。

しかし、さすがにこんな策略を使う亭主は稀で、たいていの亭主は、

旅立《たびだ》ちは川《かわ》と女房《にようぼ》を苦労《くろう》がり　安五梅4

川越しが心配、女房も少し危ないなあと心配しながらも、本当に旅立っていきます。女房の方は、亭主の旅の安全を祈念する陰膳を据えて、殊勝らしく振る舞っていますが、

陰膳《かげぜん》は近所《きんじよ》を化《ば》かす道具《どうぐ》なり　天五宝1

というのが実態ですから、亭主にとっては何のご利益もなく、

旅《たび》は憂《う》いもの女房《にようぼう》を盗《ぬす》まれる　安六仁6

旅《たび》の留守内《るすうち》へもごまのはいが付《つ》き　末初23

家に残した貴重品の盗難にあうことになります。第一句は俚諺「旅は憂いもの辛いもの」の援用、第二句「ごまのはい」は道中に出没する泥棒です。

その盗人が、意外にも亭主の友人だったりしますから、油断のならない世の中です。

とは夢《ゆめ》にも知《し》らず旅《たび》の留守頼《るすたの》み　藐追5

まさか女房とそんなことになるとは夢にも思わず、留守中の世話を頼んだのです。

下《した》の口過《くちす》ぐし手《て》の来《く》る旅《たび》の留守《るす》　末三17

「過ぐす」は生活の面倒を見ることです。亭主が長期間留守ですから、上の口の面倒を見てくれる人（過ぐし手）がいるのは有り難いことですが、往々にして下の口の面倒を見たがる人が多いのは困ったことです。

【伊勢の留守】

亭主が伊勢参宮に行っている留守に間男をすると、神罰が下って一物が抜けなくなるといわれていました。神罰かどうかわかりませんが、膣痙攣《ちつけいれん》というものが起こって抜けなくなることは実際にあるようですから、もし間男中に起こったら大変です。

伊勢《いせ》の留守《るす》初手《しょて》壱番《いちばん》のおっかなさ 明七智5

ぬっと入《い》れ先《ま》ず抜《ぬ》いてみる伊勢《いせ》の留守《るす》 末初11

何しろ伊勢神宮の神罰ですから、これは恐ろしいことです。最初の一番は、男も女もおっかなびっくりで、まずぬっと入れすぐに抜いてみて、無事抜けるかどうか確認します。

神便不思議《じんべんふしぎ》もがけども抜《ぬ》けばこそ 安六義7

「神便」は「神が衆生《しゆじよう》を教え導く巧みな手段」（『日国』）のことです。伊勢の神様が「間男をしてはいけない。もししたら抜けなくなるぞよ」と仰せなのに、その教えに反することをすれば、もがいても抜けない事態になるのは当然です。

参宮《さんぐう》の留守間男《るすまおとこ》へ人《ひと》だかり 明七義5

こうなったら当事者だけではどうしようもありません。もがいているうちに騒ぎを聞きつけた野次馬の人だかりができます。万事休すです。

こんな醜態を避けるには、やはり「伊勢の留守」は、入れない方が無難でしょう。

抜《ぬ》けないと脅《おど》されてせぬ伊勢《いせ》の留守《るす》　末三27

伊勢《いせ》の留守《るす》一思案《ひとしあん》して嫌《いや》と言《い》う　明六義4

【旅戻り】

さて、そろそろ亭主が旅から帰ってくる頃ともなれば、女房としては留守中の間男が露顕しないように気を配る必要があります。しかし、通信手段の発達した現代と違って、いつ帰ってくるかわかりません。ちょうど、している最中にでも帰ってこられようものなら修羅場になります。

間《ま》男《おとこ》を麦《むぎ》わら笛《ぶえ》で食《く》らわせる　末初22

麦わら笛は大森（東京都大田区）の名物です。お土産を持って帰ってきたら、真っ最中だったというわけです。とりあえず麦わら笛で殴っておいて、こいつめさてどうするか。

股引《ももひき》で去《さ》り状《じょう》を書《か》く気《き》の毒《どく》さ　明七義6

股引《ももひき》のままで取《と》る首二《くびふた》つなり　明六義1

旅装束のままで、離縁状を書くことで納めるか。それとも、首を二つ取るか。願って出れば、お裁きになります。

砂利《じゃり》の上日《うえひ》に焼《や》けたのが亭主《ていしゅ》なり　安二叶1

奉行所の御白洲の上で、亭主は旅で日焼けした顔で座ることになります。幸い現場を押さえられる事態にはならなくても、女房としては、なお、きめ細かな対策が必要です。

旅帰《たびがえ》り女房久《にょうぼうひさ》しぶりでなし　明七梅1

亭主の方は久しぶりの交歓でも、女房の方は間男で満足していて「久しぶり」でないわけですから、どうしても態度に出がちです。

もっとしたがる筈《はず》だがと旅帰《たびがえ》り　末四19

旅帰《たびがえ》りなぜよがらぬと考《かんが》える　明七礼6

亭主は考えます。長期間離れていたのだから、もっとしたがるはずだし、交わってもさしてよがる様子もない。なぜだ。

旅戻《たびもど》り思《おも》いなしかは広《ひろ》くなり　末初30

そう思ってするせいか、女房のアソコも心なしか広くなったような気がする。亭主にこんな疑惑を生じさせるようでは、間男をする資格はありません。

旅戻《たびもど》り内儀《ないぎ》飢《かつ》えたふりをする　明六義4

「飢える」は、(何かを) 足りないと強く感じることです。してくれる人がいなかったから欲求不満の塊になっている振りをして、強くアピールすることが何よりの対策です。

【間男窮地】
間男は常に危険と背中合わせです。亭主が帰ってきたときに、うまく逃げられればいいですが、もし押さえられたら一巻の終わりです。

見《み》つかって椎《しい》の実《み》ほどにして逃《に》げる　末初20

亭主に見つかっては、女房に取りかかろうと勃起させた一物を、椎の実ほどに萎縮させて逃げるほかありません。

間男《まおとこ》の不首尾《ふしゅび》はこぼしこぼし逃《に》げ　末初9

「不首尾」は、結果がうまくいかなかったこと。まさに絶頂寸前というときに亭主が帰宅したのでしょう。本来は女陰に注ぐべき液体をこぼしこぼし逃げていくことになります。

間男《まおとこ》の外《そと》へ出《で》て拭《ふ》く運《うん》のよさ　末初16

何はともあれ、逃げ出すことができればよしとせねばなりません。急いで抜いた一物を外で拭きながら「やれやれ、運がよかった」と一息。

押入《おしいれ》でへのこ拭《ふ》いてるこわい事《こと》　末四3

こちらは、戸外まで逃げ出す時間がなく、急いで押入へ隠れて、濡れた一物を拭きながら息を潜めている状態です。こわいですね。

間男《まおとこ》は戸棚《とだな》でくるめ抜《ぬ》くを聞《き》き　安八桜3

女房が亭主をたくみに言いくるめてしまう様子を、間男が戸棚の中で聞いているというのです。間男するならこういう賢い女房としたいものです。

しかし、つかまったら大変です。

湯気《ゆげ》の立《た》つへのこ大屋《おおや》を呼《よ》んで見《み》せ　末初5

亭主が大屋を呼んで、現行犯である証拠を確認してもらっている場面です。まだ湯気が立っているとは、相当生々しい状態です。

先《ま》ずへのこ抜《ぬ》いての上《うえ》と大屋言《おおやい》い　末四26

こちらはまだ入れた状態のうちに、大屋が来たのです。大屋がしかつめらしい顔で「ま、言い分もあるだろうが、まずへのこを抜きなさい」などと言っている場面を想像すると、可笑しいですね。

言《い》い分《ぶん》は後《あと》でとへのこ納《おさ》めさせ　末二21

二人《ふたり》とも帯《おび》をしやれと大屋言《おおやい》い　末初35

大屋が現行犯を確認すれば、後は首が飛ぶか示談金で済ますかの相談になります。「言い分は後で聞こう。取りあえずへのこを納めて、二人とも帯をしなさい」と。このへんは大屋の貫禄です。

店越《たなご》しと去《さ》り荷《にに》二軒《けん》の騒《さわ》ぎなり　明六義1

「店越し」は引っ越し、「去り荷」は離縁した女房の荷物を実家へ返すことです。どうやら首が飛ばないように処理されたらしく、男は長屋の店立《たなだ》て（追い出し）を食らい、女房は離縁されるという結末になりました。

【美人局】

間男に似て非なるものに「美人局《つつもたせ》」があります。美人局は、『日国』に「女が自分の夫や情夫と共謀して、他の男を姦通に誘い、あわや、というときに共謀の男があらわれて、それを種にその男から金銭などをゆすり取ること。なれあいまおとこ」と、目に見えるような説明があります。

五両《ごりょう》取《と》る元手《もとで》炭代《すみだい》二百《にひゃく》なり　末四29

「五両」は間男の示談金です。ただし、「据《す》えられて七両《しちりょう》二分《にぶ》の膳《ぜん》を食《く》い」（末三13）のように、据え膳を食って亭主に見つかり、示談金を七両二分払ったという句もあり、川柳では両方出てきます。この句は、美人局をたくらんで、男を引き込む炬燵にでも使う炭代に二百文使ったというのです。五両の収入の元手が二百文なら、収益性の高い商売です。

よがるのを合図《あいず》と夫婦談《ふうふだん》じ合《あ》い　末初35

美人局を成功させるには、綿密な段取りが必要です。「あたしが、大きなよがり声をあげるから、それを合図にお前さんが踏み込んでおいで」などと相談をしている様子です。

上《うえ》へ乗《の》ったらばと亭主《ていしゅ》透《す》き見《み》なり　末二38

そこで、亭主は隣の部屋に潜んでいて、間男が女房の上に乗ったら踏み込もうと、襖の隙間から様子をうかがうことになります。

早《はや》まって亭主《ていしゅ》せぬとこ押《お》さえたり　安二宮3

このタイミングはなかなか難しいでしょうね。この句の亭主は、ちょっとフライングをして、まだしないうちに押さえてしまったようです。

入《い》れるか入《い》れないで七両《しちりよう》弐分《にぶ》出《いだ》し　末三32

二《ふた》つ三《み》つ腰《こし》を使《つか》って五両《ごりよう》出《だ》し　安三仁6

この二句は、絶妙のタイミングだったようで、入れるか入れないかのあたり、入れても二、三回腰を動かした所で押さえて、示談金をせしめました。

女房《にようぼう》をゆるく縛《しば》って五両《ごりよう》取《と》り　安四満2

表向きは「姦夫姦婦見つけたり！」ですから女房も縛るのですが、こちらはゆるく縛るというのが可笑しいですね。

大当《おおあ》たりだよと女房《にようぼ》をほどくなり　安六55会

一段落したら、「うまくいった、大当たりだよ」などと喜びながら、ゆるく縛った女房の縄をほどくことになります。

壱番《いちばん》で五両《ごりよう》出《だ》させるにくい事《こと》　安二宮3

売色《ばいしよく》のうちで高《たか》いは五両《ごりよう》なり　末四15

取られた方も、これは美人局だとわかって、それにしても一回しただけで五両取るとはひどいじゃないか、吉原で最上級の女郎を買っても三分なのに、五両とは売春のうちでもべらぼうに高いよねというのですが、欺されたあなたが悪いのですよ。

6 老夫婦

楽しかった夫婦関係も老年期に至ります。亭主は一物が不如意となって、すっかり元気がなくなり、一方女房の方は、ますます嫁の性生活の監視に精を出すことになります。

【亭主】

若い頃は、所かまわずおえて困った一物も、年と共に勢いを失います。もちろん中には、

六十《ろくじゅう》にして立《た》つ御隠居《ごいんきょ》は頼《たの》もしい　三九32

というような立派なご隠居もいたようです。因みにこれは「三十にして立つ」（『論語』）のもじりです。しかし、多くの場合は、

目《め》は眼鏡《めがね》歯《は》は入《い》れ歯《ば》にて間《ま》に合《あ》えど　三八21

となります。俗に「歯・目・魔羅《まら》」と言って、老化して機能不全になる部位を列挙（この順にだめになるとも）した成句ですが、この句の作者は、「目」は眼鏡で補える、「歯」は入れ歯で事足りる、しかし「魔羅」（男根）は何ともしようがないというのです。

このように「老人のちぢんで役にたたない陰茎」（『日国』）のことを「提灯《ちょうちん》」と言い、「老人のしなびて役にたたない陰茎で房事を行うことのたとえ」（同）を、「提灯で餅を搗《つ》く」と言います。

灯《とぼ》されもせぬ小《こ》提灯《ちょうちん》隠居《いんきょ》下《さ》げ　安五礼4

「灯す」は、ロウソクなどに点火することですが、男女が交合する意味にも使います。この句は、その両方の意味を使って、表裏両様に解釈できるところが技巧です。

提灯《ちょうちん》をさげて宝《たから》の山《やま》を下《お》り　宝八天

この句も同様の趣向で、せっかく女体という宝の山に登ったのに、役に立たぬ提灯を下げたまま、すごすごと下山するというのです。

もちろん、老人とて、あれこれ回春の試みはしています。

提灯《ちょうちん》の骨継《ほねつ》ぎをする生鶏卵《なまたまご》　一四四31

鰻屋《うなぎや》へ古提灯《ふるぢょうちん》を張《は》りに来《く》る　五一25

しかし、どれほどの効果があるものでしょうか。

提灯《ちょうちん》はじれってえよと夜鷹言《よたかい》い　九八74

「夜鷹」という最下級の娼婦を買ってみても、しゃんとしなくてじれったいと馬鹿にされ、

御隠居《ごいんきょ》は妾《めかけ》の咳《せき》にはみ出《だ》され　末初5

頑張って妾を囲って、どうにか挿入には成功したものの、最中に妾が咳をしようものなら、硬度を保てない一物はあえなくはみ出されてしまうのです。

いずれにしても、人生はあと僅か。

金《かね》よりも水《みず》が欲《ほ》しいと隠居言《いんきょい》い　末三28

金よりも水（腎水・精液）が欲しいというのが、心底の願望であります。

【女房】

女房の方は、嫁の夜の生活についていびるのが一段と激しくなります。

する度《たび》に小便《しょうべん》に出《で》る姑婆《しゅうとばば》　末二27

若夫婦がする度に、わざとらしく小便に起きて妨害する姑。若夫婦がそれを無視してよがり声でも聞かそうものなら、

していたを見《み》た朝《あさ》姑《しゅうと》大怒《おおおこ》り　末初22

翌朝になって、なんだかんだと怒り狂うことになります。見る方も見る方ですが、同じ屋根の下にいるわけですから、若夫婦側でもやはり対策が必要です。こんなことが続いて、もし離縁騒ぎにでもなろうものなら、

よがるのも姑《しゅうと》箇条《かじょう》の数《かず》に入《い》れ　安二桜3

離縁理由の箇条の一つに、「淫乱だから」などと言いかねないのが姑です。とにかく「ふしだらな嫁」と決めつけたいのですから、

なぜ腎虚《じんきょ》させたと姑《しゅうと》嫁《よめ》をにち　末初14

息子が腎虚（房事過度のために起こる衰弱症）したのも、嫁が淫乱のせいだとにちる（いいがかりをつけてなじる）のです。

嫁いびりは、自分の若い頃のことはすっかり忘れて、「近頃の嫁は……」というものです。夜の生活についても同じです。

うぬはさせないような事《こと》姑《しゅうと》言《い》い　末三6

「嫁がさせてばかりいて困ったものだ」と、まるで自分はさせなかったと言わんばかりの口ぶりです。でも、自分も若い頃は十分させたからこそ、可愛い息子もできたわけですが……。

第四章　破礼句のスターたち

1 長局・奥女中

江戸川柳には、「長局《ながつぼね》」「奥女中《おくじょちゅう》」「御殿女中《ごてんじょちゅう》」「御殿者《ごてんもの》」「御守殿《ごしゅでん》」などの言葉がよく出てきます。いずれも、宮中・江戸城・大名屋敷などに勤める女性のことです。この女性たちの勤務先・身分・職級はさまざまで、それによって生活・行動様式もかなり違います。本来ならば、きちんとご説明をしないといけないのですが、この本のテーマである「破礼句」の鑑賞には、厳密な考証はあまり必要ありません。ごく一般的に映画やテレビに出てくる「奥女中」のイメージで十分ですので、「男子禁制の生活の中で、性欲を持て余して悶々としている」という約束だけを押さえて鑑賞していただければと思います。

① 張形

男性不在の中で性欲を処理する方法として、真っ先に思い浮かぶのは自慰で、その際に使われる（であろうと想像されている）道具が、男根を模した「張形《はりかた》」です。張形は破礼句の中で人気の高い題材の一つですので、長局の句に入る前に、まずざっとおさらいをしておきましょう。

【製造】

張形は、鼈甲《べっこう》や水牛の角を使って作りました。

細工《さいく》は流《りゅうりゅう》々亀《かめ》がへのこに成《な》り　末四14

高級品は鼈甲製です。鼈甲は玳瑁《たいまい》という海亀の甲羅から作られますので、「亀がへのこになる」と詠んだのです。「細工は流々」は、俚諺「細工は流々仕上げを御覧《ごろう》じろ」の援用です。

鼈甲《べっこう》もへのこにされるふの悪《わる》さ　二四39

鼈甲には「斑《ふ》」と呼ばれる黒斑があって、この善し悪しが鼈甲の価値を決める重要なポイントです。きれいに斑の入った上等な鼈甲は櫛《くし》・笄《こうがい》などにされますが、この斑の悪い物はへのこすなわち張形にされるというのです。「分の悪さ」とも読めそうです。

鼈甲屋《べっこうや》折節《おりふし》ひょんな細工《さいく》もし　宝一〇礼3

製造するのは鼈甲屋です。鼈甲屋は、鼈甲を使って櫛・笄などの小間物を作るのが本業ですが、折節ひょんな細工もする、すなわち張形も作るというのです。

鼈甲製ほどの高級品ではないのが、水牛の角で作った張形です。

細工《さいく》は流々《りゆうりゆう》牛《うし》の角《つの》が馬《うま》になり　一五七15

牛《うし》の角男妾《つのおとこめかけ》に様《さま》を変《か》え　末三20

「牛」の角が、「馬」の一物のような大きな張形になって、女性を慰める男妾に変身するのです。

水牛《すいぎゆう》はおかしい角《つの》の生《は》えたやつ　安二智4

まあ、そういうことでしょうね。水牛に責任はないのですが。

あまり激しく使用すると、壊れることもあったようです。

水牛《すいぎゆう》が割《わ》れてと外科《げか》へそっと言《い》い　末初8

割れた張形で怪我をしたので、外科医に掛かって事情を説明している様子です。

【小間物屋】

川柳では、張形は行商の小間物屋がもっぱら販売することになっています。

一重《いちじゅう》はへのこを詰《つ》める小間物屋《こまものや》　天五智9

簪《かんざし》や櫛《くし》やへのこを出《だ》して見《み》せ　末四12

小間物屋は、商品を詰めた平たい箱を幾重にか積み重ねて、大風呂敷に包んで背負い、商売にやってきたようですが、そのうちの一つの箱に張形が入っていて、小間物屋の通常商品である簪や櫛とあわせて販売します。

茸狩《たけが》りのように並《なら》べる小間物屋《こまものや》　安四宮3

小間物屋《こまものや》すぽすぽさせて壱本売《いっぽう》り　末初33

生《い》き物《もの》のように動《うご》かす小間物屋《こまものや》　末四30

まるでキノコ狩りのように並べて見せて、すぽすぽとしごいてみせたり、本物のように動かして見せながら商売をします。プロの腕の見せどころです小間物屋の絶妙なセールストークについては、可笑しい句がたくさんあります。『はじめての江戸川柳』に取り上げなかった句を、少し拾っておきます。

生《なま》を食《く》うようだと気張《きば》る小間物屋《こまものや》　安七松3
生《なま》よりも食《た》べた後《あと》がと小間物屋《こまものや》　末二17
弓削形《ゆげがた》は切《き》らしましたと小間物屋《こまものや》　末二38
越前《えちぜん》は致《いた》しにくいと小間物屋《こまものや》　末三7
引《ひ》け物《もの》と雁低《かりびく》を出《だ》す小間物屋《こまものや》　安四礼6
出来合《できあ》いは御雁《おかり》が低《ひく》うござりやす　末四11

第一句は、まるで生の本物のような使い心地ですと力説。第二句、しかも生と違って食べた後で妊娠する心配もありません。第三句の「弓削形」は、巨根で有名な弓削道鏡の一物のごときキングサイズの張形のことでしょう。いつも在庫するものではなさそうです。第四句の「越前」は、包茎のこと。越前福井藩松平家の行列の槍には熊の毛皮が被せてあったので、「皮かむり槍」と言われていたことから来た言葉だそうです。そんな張形があったとは思えませんが、小間物屋に言われるまでもなく、致しにくいことでしょう。第五句「引け物」は「欠点があって値引きしてある商品。きずもの」(『日国』)のことです。「雁低」は、「雁高」(雁首すなわち男根の亀頭が高いこと)の反対で、雁首の低いこと。刺激が少なくてあまり評判がよくないので、バーゲンセールをするというのでしょう。第六句は、出来合いの商品では細工が十分でなくて、雁首の低いものしかないから、ぜひ特注品をご注文なさいましと勧めているのです。

【長局へ販売】

では、長局です。前述の通り、「長局」も「奥女中」も同義に取り扱います。

窮屈《きゆうくつ》な買《か》い物《もの》をする長局《ながつぼね》　末初29

櫛《くし》を買《か》うふりで張形女中《はりかたじよちゆう》買《か》い　筥二3

やはり、張形を買うのは、ちょっと人目をはばかる窮屈な買い物です。そこで、櫛を買う振りをして買ったりします。

しかし、そんな内気な人は少数派で、みなさん堂々と買っておられます。

張形《はりかた》を握《にぎ》ってみては値《ね》を付《つ》ける　天元礼3

「値を付ける」は、「品物などの売買で、これなら取引きしてもよいという値段を一方が決める」（『日国』）ことです。御局が張形を握ってみて、自分に合った太さを確かめた上で、値段の交渉を始めるのです。握って確かめるというのがリアルでいいですね。

長局《ながつぼね》昨日《きのう》の口《くち》をもう弐本《にほん》　安元仁6

「昨日買った張形がとても具合がよかったので、同じ型のをもう二本もらいましょう」などと追加注文です。握ってみただけではなく、実際に使用して使い勝手確認済みです。

取《と》り替《か》える度《たび》太《ふと》くする長局《ながつぼね》　末初15

こちらは買い換え需要です。購入する度に、より太い物にバージョンアップなさるのです。さらに高度な刺激を求めるのか、それともだんだん広くなってきたからでしょうか。

同《おな》じ値《ね》ならば太《ふと》いをと長局《ながつぼね》　天元鶴2

やはり太いのをお好みのようです。「同じ値ならば……」が可笑しいですね。

値《ね》次《し》第《だい》で四《し》五《ご》本《ほん》要《い》ると長局《ながつぼね》　末初20

「安くするなら、四五本買ってもいいわよ」と、長屋のかみさんが大根を値切るような交渉をするというのです。それにしても、四五本も買ってどうするのでしょう。あれこれ揃えておきたい趣味なのか、それとも生協方式の共同購入でしょうか。もし個人でそんなに買うとなると、

長局《ながつぼね》四五本《しごほん》持《も》ってそねまれる　末二32

と同僚からねたまれることになりますから、用心なさった方がいいかもしれません。

【使用法】

張形は湯で温めて使用したようです。微妙な個所に使うものですから、温度調節には細心の注意が必要です。

局《つぼね》夜《よ》更《ふ》けにぬるいはの熱《あつ》いはの　安二智4

熱燗《あつがん》でぐっとのぼせる長局《ながつぼね》　八八32

どれくらいの温度が適当なのか。個人の好みもあるでしょうが、熱めの方がお好みの方もいるようです。

さて、張形を使うには、大きく分けて、㋑手で持って使う方法、㋺踵《かかと》に結び付けて使う方法、㋩男性役が腰に結び付けて使う方法、の三つがあったようです。

㋑手で持って使う方法

張形を手に持って挿入し動かします。最もわかりやすいスタンダードな方法です。

長局《ながつぼね》我《わ》が手《て》によがる痛《いた》ましさ　明六松4

「痛ましい」（かわいそうで、見るにしのびない）という観察が奥深いですね。「人間の業《ごう》は哀れなものだね」ともとれますし、「かわいそうに。おれが助けてやろうか」ともとれます。

㋺踵に結び付けて使う方法

張形の紐を自分の踵に結び付け、その足を曲げて張形を挿入して動かす方法です。手に持ってするのに比べて不自由な気がするのですが、手でするより快感なのでしょうか。

人肌《ひとはだ》にしては踵《かかと》をあがかせる　末三20

「あがく」は、牛や馬が地面を掻くように足を動かすことです。張形を人肌にあたため、踵に縛り付けて動かすのです。

長局《ながつぼね》足《あし》を早《はや》めてよがるなり　末二31

踵に付けているわけですから、クライマックスに達するときは、足を激しく動かすことになりますが、「足を早めて」が可笑しいですね。

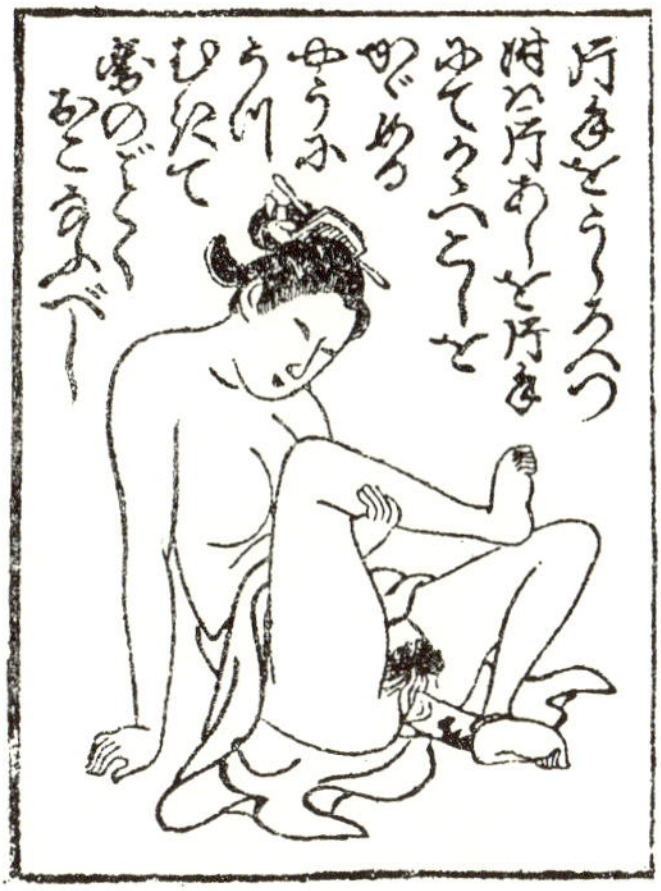

図3「踵に張形」『艶道日夜女宝記』

踵《かかと》まで入《い》れたと笑《わら》う長局《ながつぼね》　末四27

踵に付けた張形のみならず、踵まで挿入してしまったと、笑いながら話しているというのです。なんともおおらかな情景ですが、それにしても踵まで入れるとは……。

㈧男性役が腰に結び付けて使う方法

一方の女性が張形を腰に結び付けて男性役を行い、もう一方の女性が満足したら役目を交代して楽しむ方法です。交代するとはいえ、職場においては、どちらが先に男性役になるかは、なかなか微妙な問題です。

一方が偉い人の場合は簡単で、

長局《ながつぼね》まず重役《おもやく》が下《した》になり　一三六8

まず最初に偉い人が下になって楽しむ側、部下が上になって奉仕する側になるのが順当でしょう。同クラスの場合はちょっと面倒ですが、

長局《ながつぼね》籤《くじ》に勝《か》ったが下《した》になり　明七礼6

くじ引きで決めれば無難です。そこまでしなくても、

部屋方《へやかた》の兄弟分《きょうだいぶん》は互《たが》い先《せん》　末初6

囲碁の「互い先」のように、一回毎に先手・後手を交代するルールにしておけばいいでしょう。「部屋方」は奥女中が使っている端女《はしため》をいいます。

なんにしても、そのうち上下入れ替わるわけで、

羅切《らせつ》してまた下《した》になる長局《ながつぼね》　末初35

男性役が張形をはずして相手に渡し、今度は自分が下になって楽しむことになります。「羅切」は、中国の宦官がしたように、男根を切り取ることです。

相身互《あいみたが》いとは長局《ながつぼね》の言葉《ことば》　末三8

こういうわけですから、同じ境遇の人が助け合うときに使う「相身互い」という言葉は、もともと長局の言葉だという解説です。もちろん破礼句作者の発明したこじつけ語源説です。念のため。

このようにして、快楽の一時を過ごしても、張形は所詮代用品です。

長局《ながつぼね》よがった後《あと》のばからしさ　末初19

よがってはみたものの、後に残るのは馬鹿馬鹿しい虚脱感です。そうなると、

本《ほん》のではどうであろうと長局《ながつぼね》　明四松6

「本物でしたらどんなにいいだろう」ということになりましょう。そこで、禁を犯して本

物探求に出ることになります。

② 男遊び

冒頭で申し上げたように、奥勤めの女性は身分・職階などによって行動形態がかなり違いますが、特に上位職階の女性は、簡単には外出できません。その貴重な外出の機会の一つが「代参《だいさん》」です。代参とは、例えば御台所《みだいどころ》の代理として、神仏へ参詣するような場合です。川柳では、この代参の折に時間をごまかして芝居に行ったり、出合茶屋で密会したりすることになっています。

代参《だいさん》の胸《むね》に仏《ほとけ》とへのこあり　安五智4

代参に行く奥女中の胸中には、お寺で拝む仏様のことと、その後の密会で味わう男根のことが混在しているというのです。

御代参池《ごだいさんいけ》の汀《みぎわ》でとんだこと　藐21
御代参泥《ごだいさんどろ》の中《なか》にてさせるなり　安六55会

「池の汀」は、上野・不忍池畔にあった出合茶屋のこと。ここでする「とんだこと」とはすなわち、泥中の蓮の咲き誇る中で「させる」ことです。

御代参池《ごだいさんいけ》の茶屋《ちゃや》でも手《て》を清《きよ》め　四八2

堪能したあとは、参詣先の御手洗で手を清めたごとくに事後の手を洗い、帰路につきます。

③ **車引きとの揉めごと**

川柳では、奥女中と車引き（荷車を引く人）とが、揉めごとを起こすことになっています。車引きが、街頭で見かけた奥女中を卑猥な言葉でからかうと、誇り高い奥女中が猛然とやり返すというのがパターンです。

さあまくれまくれとにちる御殿者《ごてんもの》　明四仁4

「にちる」は「なじる」ことです。車引きが「いい身体してるじゃないか。ちょっと捲《まく》って拝んでみたいものだ」などとからかったのでしょう。それにコチンと来た奥女中が、「それなら見せて上げようじゃないか、サア捲れ、捲れ」などと詰め寄っている光景です。

御守殿《ごしゅでん》にさあさせようとにちられる　末初6

往来《おうらい》でさせようと言《い》う難《むずか》しさ　安元智2

こちらも同じような場面で、車引きに「ようよう、色っぽいなあ、一発お願いしたいもんだ」などとからかわれたのに対し、「じゃあ、させてあげよう、さあどうする」などと逆襲されているのです。貫禄の差ですね。

車引きのからかい文句もいろいろです。

したいと言《い》やったのと四人《よにん》をいじめ　安七仁5

張形《はりかた》と言《い》ったが車《くるま》引《ひ》き落《お》ち度《ど》　安二智5

なにおつけだくさんだと車《くるま》をきめ　安八桜4

単純に「したい」というのもあれば、「張形の味はどうだい」とか、「御汁《おつけ》をたくさん出しそうな腰つきだ」などと言って、きめられる（とっちめられる）のもいます。車引きは四人一組で荷を引くことが多かったようです。

御殿女中に本気で怒られては、謝るしかありません。

御守殿《ごしゅでん》に四人《よったり》ながら手《て》を合《あ》わせ　安元桜2

芳町《よしちょう》へ詫《わ》び言《ごと》に来《く》る車引《くるまひ》き　安八松3

手を合わせて詫びたり、中には御殿女中が遊びに行った芳町まで詫びに来る連中もいたりするのですが、御殿女中もこれはちょっとやぶ蛇だったかもしれませんね。

2 後家

「後家」とは、夫に死別した女性のことです。「貞女は二夫《にふ》に見《まみ》えず」ですから、髪は短く切って束ねた「茶筅髪《ちゃせんがみ》」にし、お化粧は控え目に、常に数珠を携帯して、墓参りを欠かさず、雄犬も近づけないというのが、後家のあるべき生活態度とされました。

しかし、男子の人口が圧倒的に多い江戸で、男どもが放っておくわけがありません。後家は、亭主との夫婦生活を思い出すにつけ性欲が湧いてくるが、そのはけ口がなく悶々としている。生娘と違って、男女の営みには慣れきっているから、男に触れることには抵抗はない。それならば、女ひでりの江戸の男どもと関係を持つのは、お互いにハッピーなはずである――男の論理では、そういうことになっています。

ですから、川柳では、身持ちの堅い後家はまことに不評です。

堅《かた》い後家《ごけ》股《また》へ目塗《めぬ》りをせぬばかり　末四20

男に言い寄られても断固として拒絶、アソコに目塗りをせんばかりの様子です。「目塗り」は、物の合わせ目のすきまなどをふさぐことで、落語には、火事の際に土蔵に目塗りをする話がよく出てきます。たしかに土蔵は大事だろうが、アソコはそこまで厳重に護るほどのものかいというわけです。

堅《かた》い後家《ごけ》男《おとこ》を立《た》ててやらぬなり　一一7

男が言い寄っても、手厳しく拒絶する後家。もうちょっと男の面子も立ち、一物も立つようなやさしい応対をしてくれてもいいのに。

張形《はりかた》で補《おぎな》っておく堅《かた》い後家《ごけ》　四二10

奥女中は、傍に男がいないんだから、張形で済ますのも仕方がないが、後家の近くには俺たちがいるじゃないか。張形で性欲を補っておくなんて、もったいない！

① 坊主との情事

後家は、菩提寺の坊主と関係を持つというのが、川柳の約束です。女人禁制の坊主と亭主がいなくなって淋しい後家が、墓参りや法事などで顔を合わせれば、必然的になるようになるというわけです。

数珠《じゅず》さらさらと押《お》し揉《も》んで後家《ごけ》だまし　傍初44

坊主が、もっともらしい顔で数珠を押し揉みながら、後家をだましている様子ですが、「数珠さらさらと押し揉んで」が、謡曲『舟弁慶』の文句取りになっています。『舟弁慶』の方は、弁慶が知盛の幽霊を撃退している場面です。

若後家《わかごけ》は上《あ》がり物《もの》だと和尚《おしょう》しめ　二一9

「上がり物」は、社寺に寄進する物のことです。江戸時代、故人の遺品を寺に奉納する習慣があったようで、若後家も亡き亭主の遺品だから、お寺に寄進されるのが当然とばかりに、坊主が「しめる」（情交する）というわけです。まあ、たしかに遺品といえば遺品ではありますが。

美《うつく》しい後家《ごけ》方丈《ほうじょう》の室《しつ》に入《い》り　一一26

「方丈」は住職またはその居間。美しい後家が住職の居間に入っていった。これからただごとならぬことが起こるだろうというのですが、「方丈の室に入り」が、謡曲『東北』の文句取りです。「こ、ここそ花の台《うてな》に和泉式部《いずみしきぶ》が臥所《ふしど》よとて。方丈《ほうじょう》の室《しつ》に入《い》ると見えし夢はさめにけり見し夢はさめて失せにけり」。

すったのが切《き》ったのをする憎《にく》いこと 末四2

髪の毛を、すった（剃った）のは坊主、切って茶筅髪にしたのは後家です。坊主に口説かれるまでもなく、積極的に迫った後家もいたかもしれません。

若後家《わかごけ》の此方《こち》から開《かい》を授《さず》けつつ 末三36

ここで「開」は女陰のこと。普通「戒を授ける」のは坊主の役割ですが、この若後家は自分の方から開を授けるというのです。有り難や、有り難や。

若後家《わかごけ》に随喜《ずいき》の涙《なみだ》こぼさせる 初30

坊主は、死んだ人のみならず、生きている人を救済するのも仕事です。「随喜の涙」は、心から嬉しく思ってこぼす涙ですから、これはこれでよしということかもしれません。

後家が方丈で坊主と楽しんでいる間、お供の下女も負けてはいません。

後家《ごけ》の下女穴掘《げじょあなほ》りなどと深《ふか》い仲《なか》　末四7

ご主人が坊主なら、お供はお墓の穴掘り男とするというのが、妙にバランスが取れていて可笑しいですね。

②好色な後家

亭主持ちと違って、後家は、その気にさえなれば、いくらでも楽しい思いができます。もちろん、相手は和尚に限りません。

人目《ひとめ》をも思《おも》ったは後家初手《ごけしょて》のこと　一一7

さるものは日々《ひび》にと後家《ごけ》は盛《さか》んなり　一四8

人目を気にしたのも最初のうちだけ、あとは「去る者は日々に疎し」（『文選』）と、死んだ亭主のことはきれいに忘れ、盛んに遊びまくるのです。

口説《くど》きいいように若後家取《わかごけと》り回《まわ》し　末三10

そのためには、「堅い後家ではない」とPRしておかねばなりません。ふだんから派手に飾り立て、「口説いても恥はかかせないわよ」という態度を示しておくのが肝要です。

太《ふと》い後家《ごけ》七日《なのか》もたたぬ内《うち》に泣《な》き　七一35

初七日にもならないうちに、男と通じて歓喜の泣き声を上げるとは、太い（けしからん）後家だというのです。亭主が亡くなって、初七日までくらいは泣き通しというのは普通のことですから、「七日もたたぬうちに泣いて、それが太いことだとはいったいどういうこと？」と一瞬思わせるのが技巧です。

ふんだんにしたくせが後家《ごけ》止《や》まぬなり　末二8

さすがに初七日未満は早過ぎるかもしれませんが、いったん箍《たが》が外れたらもう怖いものはありません。亭主とふんだんにしていた習慣が復活するのは当然でしょう。

持仏《じぶつ》の障子《しょうじ》立《た》てこめて後家《ごけ》承知《しょうち》　七八30

「持仏」は仏壇のことです。自宅へ男を引き入れたときは、さすがに仏壇の扉は閉めてからするというのです。

さすが後家《ごけ》夫《おっと》の日《ひ》にはさせぬなり　末二30

「夫の日」は夫の命日のこと。夫の命日にさせないのは、それなりに節度を保っているように見えますが、なあに命日以外は毎日さあどうぞというわけです。

はちす葉《ば》の真《ま》ん中《なか》へ来《き》て後家《ごけ》よがり　末四32

「蓮葉」は、ここでは、蓮の生い茂った上野・不忍池畔にある出合茶屋のこと。本来ならば、亡くなった亭主と共に極楽の蓮の台《うてな》に座るべく、精進の生活を送るのが後家であるはずですが、この後家は、蓮の葉の真ん中で現世の極楽を味わい、よがっているのです。

女盛りの後家の性欲を満足させるのは、男にとって容易なことではありません。

男《おとこ》はひょろひょろにおかったるい後家《ごけ》　末四5

目《め》をくぼませて後家《ごけ》の男《おとこ》は逃《に》げ　末三9

「おかったるい」は、物足りない・満足できない、という意味です。前の句の出合茶屋から出てきた様子でしょうか。男はしっかり搾り取られてひょろひょろ。一方後家の方は、まだまだ物足りない様子だというのです。となれば、いずれ目をくぼませて男が逃げる事態になるのは必定です。

3 乳母

女ひでりの江戸の男にとって、性経験豊かで、迫ったら何とかなりそうな対象として、後家の外に「乳母」がいます。川柳では、乳母は田舎者で粗野、太っていて下半身もルーズというのが約束で、女陰も多毛広陰ということになっています。

① 多毛広陰

多毛の女陰の描写句にはかなり露骨な句が多く、ご紹介するのに躊躇しますが、破礼句作者の熱意にほだされて列挙しておきます。

乳母《うば》が前《まえ》もくぞう蟹《がに》のごとくなり　末初6

張飛《ちょうひ》があくびしたように乳母出《うばいだ》し　七三38

鬼髯《おにひげ》左右《そう》へ逆立《さかだ》てて乳母《うば》おやし　末二21

べちゃあねえ乳母《うば》のは栗《くり》のえんだよう　末四27

熊《くま》の巾着《きんちゃく》さん出《だ》して乳母昼寝《うばひるね》　三九9

「もくぞう蟹」は「藻屑蟹《もくずがに》」の訛《なまり》。鋏に濃い毛が生えているそうです。「張飛」は『三国志』の英雄。ごつい髯が特徴です。「鬼髯」は長く伸びている頬髯のこと。「べちゃあねえ」は「別はない」の訛で「なんのことはない、まるで」という意味です。「栗がえむ」は、いが栗が熟して口を開けている様子。「熊の巾着」は、熊皮で作った財布で、「さん出す」は「差し出す」の変化した言葉です。

広陰の句もいろいろあります。

束《たば》ねたら乳母《うば》は五本《ごほん》も入《はい》りそう　三五41

さすがに五本はオーバーな気もしますが……。

鞘鳴《さやな》りがしようと御乳母《おうば》はなぶられる　明七礼6

「鞘鳴り」は、「刀身が鞘に合わないため、持ち歩いたり、納刀するときなどに刀身がかたかたと音をたてること」（『日国』）です。乳母の巨大な鞘は、並の刀身では鞘鳴りがするだろうというわけです。

むずがゆく乳母《うば》は二才《にさい》にさせている　末二4

「二才」は「青二才」のこと。小僧などの青二才にさせたのですが、なにしろ広陰に対して未熟の小茎ですから、快感とまでいかず、ただむずがゆい程度なのです。

小侍《こざむらい》乳母《うば》居風呂《すえふろ》へ入《い》れてやり　安五信2

調市《でっち》をだまし居風呂《すえふろ》へ乳母《うば》は入《い》れ　一〇五20

「小侍」は、武家に奉公する元服前の少年です。その小侍や調市（丁稚）を乳母が入浴させてやった、というのではありません。「居風呂桶で牛蒡《ごぼう》を洗う」という諺があり、広い女陰に小さな男根で情交することをいいます。居風呂にとっては、前の句と同様にむずがゆい程度だったかもしれませんが、牛蒡の方の感覚はどうだったのでしょう。広陰がトラウマにならないか、人ごとながら心配であります。

御道具《おどうぐ》を広間《ひろま》へ乳母《うば》はぐっと入《い》れ　五六14

「御道具」は、槍をいう武家言葉です。乳母が槍を広間の方へ片付けているようにも読めますが、もちろんそういう句ではありません。広々とした所へ槍を「ぐっと入れ」です。しかし、多少広かろうが、させてくれる女は貴重な存在です。

広《ひろ》いこと知《し》りつつ乳母《うば》を口説《くど》くなり　安元義8

寸法の合わないところは技術で補い、お互いに満足しましょう。

② 子供への対応

このように、乳母もその気満々なのですが、問題は預かっている子供です。この子供の目をどうあざむくか。ここが智恵の絞りどころです。

泣《な》く子《こ》には勝《か》たれず乳母《うば》は入《い》れて抜《ぬ》き　安二礼5

何の工夫もせずに男と一義に及べば、ただならぬ気配を察知した子供が泣き出すのは必定です。やむを得ず入れた一物を抜いて、子供をあやすことになります。俚諺「泣く子と地頭には勝てぬ」の援用がミソです。

そこで、乳母も相手の男も対策を考えます。

作戦その一。

泣《な》かれるに懲《こ》りて茶臼《ちやうす》に乳母《うば》はさせ　傍四4

前回は、正常位で行って、

子心《こごころ》に乳母《うば》が負《ま》けたと思《おも》って居《い》　末四16

乳母がおじさんに組み敷かれて負けたと、子供に泣き出されてしまったので、今回は茶臼でさせるというのです。子供に見られたときは、

おじさんを負《ま》かしたと乳母《うば》茶臼《ちやうす》なり　末三6

「ほら、おじさんを負かしたんだよ」などとごまかそうというわけです。こそくな手段に思えますが、幼い子供は、

乳母《うば》が勝《か》ったよと茶臼《ちやうす》を嬉《うれ》しがり　五七16

結構、無邪気に信じたりしますから、助かります。

作戦その二。

鬼《おに》に成《な》り天狗《てんぐ》に成って乳母《うば》をする　末二7

こんこんを被《かぶ》って乳母《うば》をやっつける　末三9

男が、おもちゃのお面、すなわち鬼や天狗や狐のお面を被って、子供をあやしながらするという作戦です。鬼の面を被った男を相手に茶臼ですれば、鬼退治だと案外喜ばれるかもしれません。

ただ、乳母の方が何も付けていないと、

よがる顔見《かおみ》て乳母《うば》こわい乳母《うば》こわい　末二25

乳母のよがる顔を見た子供が「こわいこわい」ということになりかねませんから、こちらもお面の必要なことがありそうです。

4 下女

「下女」は、江戸川柳の人気者で多数の句がありますが、ここでは「相模下女」の句に絞ってご紹介することにしましょう。「相模下女」は、文字通り相模国出身の下女のことですが、江戸川柳では「好色」という約束になっています。句によって「相模」「相模女」とあるのは、厳密には「下女」ではない場合もあるでしょうが、ここでは特に区別せずに解釈しておきます。

一番《いちばん》でいいかと相模《さがみ》後《あと》ねだり　末三25

「後ねだり」は、続けてまたねだること。一番済ませた後で、「一番だけでいいの？　もっとしようよ」とねだっているのです。

相模《さがみ》下女口汚《げじょくちよご》しだとしがみつき　末三19

「口汚し」は、「飲食物が粗末であったり少量で満足を与えなかったりすること。他人に食物をすすめるときなどに、へりくだったたいい方として用いる」（『日国』）。「一番や二番では、ほんの口汚しじゃないの。もっと何番もしておくれ」としがみつくというのです。「口汚し」というのが言い得て妙で、可笑しいですね。下の口ではありますが。

十番《じゅうばん》もするならさしょと相模《さがみ》言《い》い　安六礼7

「してもいいけど、一番や二番ではいやよ。十番ぐらいしてくれるなら、させてあげてもいいけど……」。さて、覚悟はお有りかな。

相模《さがみ》なら相手《あいて》にとって不足《ふそく》なし　末初21

「よし、受けて立とう。淫乱で名だたる相模女なら、相手にとって不足なし。十番と言わず二十番でも三十番でも」。その意気やよし。しかしまあ、お大事に。

お好《す》きならまっと上《あ》がれと相模強《さがみし》い　安六桜4

「あんたもお好きでしょ。だったらもっと召し上がれ」と強いるのです。

据《す》え膳《ぜん》はおろか相模《さがみ》は送《おく》り膳《ぜん》　八二34

「送り膳」は、宴会に欠席した人に送り届ける膳部のこと。相模女は、据え膳はおろかデリバリーまでするというのです。

好色は日常の態度・行動にも表れます。

相模者口《さがみものくち》をきいたら被《かぶ》せそう　明七天2

「被せる」は、女が積極的に男を誘惑して迫ることをいいます。相模女はうっかり口をきいただけで、のしかかりそうな雰囲気なのです。

まだ入《い》れぬ内《うち》から相模《さがみ》べそをかき　二八11

入れられるのが嫌でべそをかくのではありません。まだ挿入せぬうちに、「よがり泣き」の前段階の「べそをかく」程度までよがるのです。

最後に奇抜な句を一つ。

額《ひたい》にあったらよかろうと相模《さがみ》言《い》い　末三26

男根も女陰も額にあったらいいのにというのです。たしかに捲り上げる必要もないでしょうから、手っ取り早くしたい相模下女には便利でしょうが、それにしても額はねえ。

5　御用

酒屋の御用聞きのことを、略して「御用」といいます。また、得意先から空き樽を集めて回るので「樽拾い」ともいいます。仕事柄、いつも町内を走り回って、他人の家を遠慮なくのぞいたりしますから、見てはならぬ場面に出くわすことも度々です。ここでは、そんな句をご紹介しましょう。

しているに御用戸《ごようど》を明《あ》け叱《しか》られる　末二28

家の人がしている最中に、御用が突然戸を開けて叱られたのです。ふだんから、気楽に戸を開けて入ってきていたのでしょう。

天知《てんし》る地知《ちし》る二人《ふたり》知《し》る御用《ごよう》知《し》る　末三5

この句は、「天知る地知る我知る人知る」という言葉の文句取りです。これは『後漢書』楊震伝に見える故事による言葉で、「誰も知るまいと思っても天地の神は照覧し、自分も知り、それをしかけるあなたも知っていることだ。隠しごとというものはいつか必ず露顕するものだ」（『日国』）という意味です。

ここは、別に悪事を働いているわけではなくて、単に男女の睦み合いですから、天が知ろうが地が知ろうが、まして当事者二人が知ろうが一向に構わないのですが、御用が知るとなるとこれは大事件です。たちまち町内中へ触れて回ります。

していたに違《ちが》いはないと御用《ごよう》言《い》い　末初23
すこすこの最中《さいちゅう》だよと御用《ごよう》触《ふ》れ　天五天2
やらかしているよと触《ふ》れる樽拾《たるひろ》い　末二9

見られてしまったことは仕方がないですから、それをいかに口止めをするか、その対策が肝要です。

まず、初動作戦です。

腰使《こしつか》いながら御用《ごよう》をしっ叱《しか》り　安五智4

腰を使って、することはしながらでも、叱り飛ばしましょう。ゆっくりしていると、前出の句のように、現在進行形で触れて回られ、見物客が増えないともかぎりません。

しかし、叱られたぐらいで凹むような御用ではありません。

はめていて叱《しか》るやつさと御用言《ごようい》い　末二39

「あいつは、抜きもせずはめたままで、俺を叱ったんだよ」などと、かえって宣伝されることにもなってしまいます。そのときは、一発ぶん殴る手もあります。

昼取《ひるど》りを触《ふ》れて御用《ごよう》は食《く》らわされ　末二21

「昼取り」は、昼間に交合すること。御用が駆け回るのは昼間ですから、たいてい昼取りに出くわすことになりますが、それを触れて回って殴られたのです。

しかし、多少の出費なら、懐柔策で口止めをする方が賢そうです。

口止《くちど》めに古掛《ふるが》け迄《まで》も御用取《ごようと》り　安五梅3

口止め料としていくらかもらった上に、長い間支払いが滞っていた売掛金を回収したというのです。商売熱心な御用ですが、古掛けを回収できたなら、主人から大変に賞められたことでしょう。

かわいがるはずするとこを見《み》た御用《ごよう》　天七11 25

まあ、以後何かにつけて可愛がっておくのが安全です。

第五章　男と女のパラダイス

結婚した男女ならば、したくなったらわが家ですればいいだけのことですが、そうでない場合は、どこかしかるべき場所が必要になります。この章では、そんな男と女が睦み合うパラダイスをご紹介することにしましょう。

1 出合茶屋

自宅以外でコトに及ぶ場所といえば、まず真っ先に思い浮かぶのがいわゆる「ラブホテル」です。江戸時代にも同様の商売があり、これを「出合茶屋《であいぢやや》」と称しました。「出合い」とは、男女が密会することです。出合茶屋は、特に上野・不忍池《しのばずのいけ》界隈にたくさんあったそうで、川柳に詠まれているのは、もっぱらここの出合茶屋だといわれています。

いうまでもなく、出合茶屋の利用客は人目を忍ぶ人たちです。

出合茶屋《であいぢやや》 忍が岡《しのぶおか》はもっともな　末初3

「忍が岡」は上野の丘陵地帯の名称です。出合茶屋の立地として誠に尤もだというのです。ただし、「不忍池」の傍にありますから、

忍《しの》ばずの池《いけ》で忍《しの》ぶはこれ如何《いか》に　三九5

と屁理屈を言った句もありますが。

いずれにしても、

出合茶屋《であいぢやや》危《あや》うい首《くび》が二《ふた》つ来《く》る　六13

人目に付いたら、姦通罪で死罪になりかねない二人もやってくる場所です。現代の若者が気楽にラブホテルに入るのとは違って、大変なリスクを負いながら、ようやっと実現した密会です。今度いつ会えるかわかりません。そういう状況ですから、とにかく徹底的に体力の続く限り行うのです。

【開始】

出合茶屋へ来る男女は、その目的だけのためにやってくるわけですから、準備万端整えてきて、上がるやいなや戦闘開始となります。

男《おとこ》木《き》女《おんな》水《みず》で来《く》る出合茶屋《であいちゃや》　安五礼5

「男が木で女が水」とは何のことかと思いますが、男は男根を木のように固くし、女は女陰に淫水（分泌液）をあふれさせてやってくるという意味です。

出合茶屋《であいちゃや》羽目《はめ》をはずしてしなと言《い》う　末初15

人目を忍ぶ苦労をしてやっと密会できたからには、「羽目をはずして、思いっきりしな」と言っているのです。口調からして女が男に促しているようです。

出合茶屋《であいちゃや》初手《しょて》二三番《にさんばん》鵜呑《うの》みなり　安六満2

よく噛まずに急いで食べるのを「鵜呑み」といいますが、出合茶屋でも最初の二、三回は、よく味わいもせずにひたすら実行するのみです。

【奮闘】

当然のことながら、貴重な機会を目一杯楽しもうと、根限り奮闘します。

出合茶屋《であいぢやや》同《おな》じ枕《まくら》に十余番《じゆうよばん》　天五花3

戦《たたか》うこと二十余合《にじゆうよごう》出合茶屋《であいぢやや》　安九義3

実際に十回も二十回もできるものかどうか知りませんが、軍記物の口調をなぞったのが技巧です。

飯《めし》よりは好《す》きだが知《し》れる出合茶屋《であいぢやや》　安八智6

「〜が飯より好きだ」という言い回しがありますが、この際、飯など食っているヒマはありません。料理も頼まずにひたすら励んでいるものですから、「飯より好きだ」ということがしれてしまいます。

行司《ぎようじ》無《な》し二番勝負《にばんしようぶ》の出合茶屋《であいぢやや》　一二二別28

「二番勝負」は、同じ人が二番続けて勝負することでしょうか。しかし、行司なしの勝負では、いつまでたっても勝ち負けの決着がつきませんから、延々と勝負を重ねることになります。

出合茶屋《であいちゃや》へのこのありったけはする　末初35

とにかく、使用可能な限りは続けるのです。

【限界】

このようにお互いに頑張るのですが、男の方は生理的理由によって使用の限界があります。一方、女の欲望は止まるところを知りません。このギャップから生じるさまざまな悲喜劇が出合茶屋の句のハイライトです。

まず、常識的な行動として、男が疲れてきたら機能回復まで一服します。

一《ひと》しきり済《す》むと茶《ちゃ》をくれ水《みず》をくれ　安四梅3

ひとまず満足したところで、お茶や水を頼んで一休みです。

くたびれて出合《であ》いへのこをさぼしてる　筥二40

「曝《さぼ》す」は、風にさらして干すことです。入れっぱなしだった一物を抜去して、乾かしているというのです。
もっとも、くたびれてもただ休憩しているカップルばかりではありません。

出合《であい》くたびれいじったりにぎったり　天四梅2

その間にもいじったり握ったりしているのは、見上げた根性であります。
さて、戦闘再開。「もう疲れた」と言う男に、女は「まだまだ」とのしかかります。

出合茶屋《であいぢやや》術《じゆつ》無《な》か下《した》になりなさい　末二39

「術ない」は、「なす術《すべ》がない」とか「どうしようもなく辛い」という意味です。「上で頑張る力がないなら、あんた、下になりなさい」というのです。

五番《ごばん》すみ六番《ろくばん》すみ出合茶臼《であいちやうす》　末四16

五番も六番もこなしたあとで、なお女上位でのしかかってきます。

腰《こし》は私《わたし》が使《つか》おうと出合強《であいし》い　末二39

「私が上になって腰を使うから、しっかり立てて」と激励しながら強いるのです。

まず今日《こんにち》はこれ切《き》り出合茶臼《であいちゃうす》　末四29

しかし、茶臼でないとできないような状態ともなれば、そろそろ戦闘終了のタイミングです。今日はこれでおしまいと覚悟して、茶臼で取りかかるというのですが、「今日《こんにち》はこれ切り」は、芝居の終了時の口上で、この文句取りが技巧になっています。言うまでもないことですが、茶臼になれば結合可能というわけでもありません。戦意喪失の一物を扱うのは、なかなか難儀です。

出合茶屋《であいちゃや》しまいはおっぺしょって入《い》れ　天二義4

「押《お》っ圧折《ぺしょ》る」は、力を加えて折ることです。きちんと直線状にならないものを、折れ曲がったまま強引に入れるというのでしょうが、奇抜な表現が何とも可笑しいですね。

根《ね》を縛《しば》ってももういけぬ出合茶屋《であいちゃや》　安八桜4

男根の硬度を保つのには、海綿体を充血させておくことが必要ですから、根元を縛るのは科学的に根拠のある方策ですが、そうやってももうダメだというのです。

椎《しい》の実《み》になると出合《であい》は仕舞《しま》いなり　安七鶴5
もう女《おんな》見《み》るもいやだと出合《であい》言《い》い　天元仁3
出合茶屋《であいぢやや》男《おとこ》は半死半生《はんしはんしよ》なり　安四信7

椎の実のようにちんまりとなってしまってはもうお終い、男はへとへとです。

【終了】
パラダイスでの歓喜の夢も覚め、退出のときが訪れます。
出合茶屋《であいぢやや》鏡《かがみ》を貸《か》すが仕舞《しま》いなり　明四義3
ちと髪《かみ》を撫《な》でつけねえと出合茶屋《であいぢやや》　安五仁3

茶屋から鏡を借り、乱れた髪を撫でつけて茶屋を出ます。しかし、入るときは夢中だった出合茶屋も、コトが終わって出るときは何やら恥ずかしいものです。
出合茶屋《であいぢやや》あんまり泣《な》いて下《お》りかねる　末初17

あまりにも嬌声を上げたので、茶屋の二階から下りて、茶屋の主人と顔を合わせるのが恥ずかしいのです。遮音性に乏しい和風建築はこういうときには不便です。

出合茶屋《であいぢやや》すもののような顔《かお》で出《で》る　末四11

まだ奮闘の跡が残る上気した顔で茶屋を出てくるというのですが、これは女の方だけで、

女《おんな》の後《あと》から弱《よわ》り果《は》てた男《おとこ》　安六宮3

男は疲労困憊、青ざめてふらふらになって出てくるというのが川柳の約束です。あまりの憔悴振りに茶屋の主人も心配して、

歩《ある》いて行《ゆ》くかと出《で》て見《み》る出合茶屋《であいぢやや》　安五松2

果たして歩いていけるのかと、出て見るありさまです。

出合茶屋《であいぢやや》駕籠《かご》を借《か》りるは過《す》ぎたやつ　明六義4

出合茶屋《であいぢやや》四五日《しごにち》男《おとこ》用立《ようだ》たず　天三智2

歩けない男は駕籠に乗って帰りますが、四、五日は役に立ちそうにない状況です。

【茶屋の主人】

破礼句作者の観察眼は、出合茶屋の経営者側にも及びます。

出合茶屋商売をしていれば、毎日男女の奮闘振りを目にすることになりますが、それで、茶屋の主人は興奮するものでしょうか。いつものことで慣れっこになっているのではないかと思うのですが、破礼句作者の意見はそうではないようです。

気《き》を悪《わる》くしいしい稼《かせ》ぐ出合茶屋《であいぢやや》　天二智3

「気を悪くする」は、「情交の場に接するなどして変な気になる」（『日国』）という意味です。出合茶屋というのは、刺激されて興奮しながら稼ぐ商売だというのです。

出合茶屋《であいぢやや》忽然《こつぜん》として亭主《ていしゆ》おえ　末三3

出合茶屋《であいぢやや》商 売《しようばい》がらでとかく過《す》ぎ　玉15

亭主は、突然おえることがあるし、とかく夜の営みが過ぎたりする。いずれも商売柄刺激を受けるからというのです。

主人ほど経験のない従業員は興味津々で、

出合茶屋《であいぢやや》抜《ぬ》き足《あし》をして叱《しか》られる　末三8

出合茶屋《であいぢやや》耳《みみ》をすまして叱《しか》られる　末四11

座敷へ抜き足で近づいて、聞き耳を立てたりする。こんなご無礼があれば、主人に叱られるのは当然です。

このように積極的に観察に行かなくても、客が木造建築の二階で声を上げつつ格闘すれば、階下にいても様子が手に取るようにわかります。

出合茶屋《であいぢやや》泣《な》き叫《さけ》ぶのが耳《みみ》につき　末二4

泣《な》かぬのはござりませぬと出合茶屋《であいぢやや》　末二38

今《いま》ので三度《さんど》ぎしつくと出合茶屋《であいぢやや》　天二信2

仕舞《しま》ったか出合扇《であいおうぎ》の音《おと》がする　末三3

嬌声が耳に付くほど聞こえ、回数が計算できるほど床がぎしぎし鳴り、終了して火照った身体を扇で煽ぐ音まで聞こえては、慣れてはいても「気を悪くする」ものかもしれませんね。

2 明き店

出合茶屋を利用する金も暇もない連中は、もっぱら近所の明《あ》き店《だな》（長屋などの空いている家）を利用して逢い引きをします。

明《あ》き店《だな》を細《ほそ》めに開《あ》けて下女《げじょ》は待《ま》ち　安二義4

いろいろなカップルが利用するでしょうが、下女も常連です。逢い引きの約束をして早めに明き店に入り、戸を細めに開けて相手が来るのを待っているのです。

明《あ》き店《だな》へ入《はい》って対《つい》に震《ふる》い出《だ》し　宝九仁

こちらは下女と違ってまだ初心なカップルでしょう。勇気を出して明き店に入ったものの、緊張のあまり二人とも震えだしたのです。

誰《だれ》が来《く》るものと明《あ》き店《だな》どしつかせ　末初16

明き店に入ってはみたものの「誰か来たらどうしよう」と心配する女に対し、相手の男が「こんな明き店に誰が来るもんか。大丈夫だよ」といいながら、どしどしとコトに励んでいる様子です。

明《あ》き店《だな》の櫛《くし》から尻《しり》が割《わ》れるなり　末三22

「尻が割れる」は悪事などが露見することです。明き店に櫛が落ちていたので、密会していたことがばれてしまったのです。櫛の持ち主が特定されれば、これは大変です。

明《あ》き店《だな》で櫛《くし》を拾《ひろ》ったやつもする　末三2

明き店に落ちていた櫛を拾った奴が、持ち主を嗅ぎつけて脅し、内証にしておいてやるからと一義及んだのです。口止めも上手にやらないと、止めどもなく脅迫のネタを提供することになります。

口止《くちど》めのたんびに下女《げじょ》は色《いろ》が増《ふ》え　末三4

ということになりかねませんので、用心しましょう。

庶民のパラダイスになっている明き店も、あまり評判が立つようでは、管理者として放って置くわけにはいきません。残念ながら閉鎖されることもあります。

櫛《くし》があったで明《あ》き店《だな》を釘《くぎ》で閉《し》め　安七信2

3 雪隠

出合茶屋にも行けず、手頃な明き店も見付からない場合には、雪隠《せっちん》という手が残されています。長屋の惣後架《そうこうか》（共同便所）は、もっとも安直な出合いの場所として使われたようです。しかし、戸の外側に人目があるのはもちろんのこと、板一枚隔てた隣りの個室にも人がいる可能性がありますから、細心の注意が必要です。

雪隠《せついん》の出合《であい》 必《かなら》ず隣《とな》りあり　末二18

必ず隣りに人がいるからそのつもりで、という句ですが、『論語』（里仁）の「徳は孤ならず、必ず隣あり」の文句取りです。

必《かなら》ず隣《とな》りありと小腰《こごし》に使《つか》い　末二12

必ず隣りありとなれば、大きく腰を使うと察知されるおそれがあります。なるべく小さく腰を使って楽しむ必要があります。

いずれにしても、かなり危険な場所であることは間違いありません。

雪隠《せっちん》の出合《であい》あまねく御用触《ごようふ》れ　四七41

まず、行動範囲の広い御用聞きに発見される可能性は十分あります。もし発見されたが最後、町内中に触れて回られるのは、覚悟しなければなりません。

べらぼうめ後架《こうか》へ二人《ふたり》連《づ》れで落《お》ち　九二14

いくらなんでもそんなことが起こるかと思いますが、もしそんなべらぼうなことが起これば、水洗便所と違って床板一枚下は糞壺ですから大変です。

雪隠《せっちん》の戸押《とお》さえ不義者《ふぎもの》めっけた　末二26

もし不義の関係中を発見されれば、これはさらに大変です。「不義者見つけたり」と捕まえられれば命に関わります。

雪隠《せっちん》を一人《ひとり》出《で》てまた一人《ひとり》出《で》る　末三21

このようなリスクをくぐり抜けて、無事目的を終えた二人、まず一人が出てあたりの様子をうかがい、続いてもう一人が出てくるのです。

4 野良出合

出合茶屋のない田舎では、野良すなわち野原や田畑で逢い引きをすることになっています。これを「野良出合」とか「村出合」とか言います。なお、野良出合の典型である「麦畑」の句は、『はじめての江戸川柳』で多数ご紹介しましたので割愛します。

草葉《くさば》の陰《かげ》に待《ま》っている村出合《むらであい》　六四28

「草葉の陰」というのがなんとも可笑しい句です。

無事待ち合わせが成功しても、野天ですからいろいろ障害物があります。

村出合《むらであい》雉《きじ》の卵《たまご》を踏《ふ》みつぶし　五七16

野良出合《のらであい》びっくりしたは雉《きじ》の声《こえ》　六七13

草むらで雉の卵を踏みつぶしたり、コトの最中に傍で雉が鳴いてびっくりしたり。

鋸草《のこぎりそう》腰《こし》を突《つ》く野良出合《のらであい》　一一〇29

会陰《とわたり》を蟻《あり》に刺《さ》される村出合《むらであい》　一一〇2

鋸草は、その名の通り鋸のような葉がついていますので、これに腰を突かれたら痛いでしょうし、会陰《えいん》（外陰部と肛門の間）を蟻に刺されるのも痛いでしょう。会陰は「蟻の門《と》渡《わた》り」と言いますので、これを利かせた句作です。

泣《な》く面《つら》を蜂《はち》に刺《さ》される野良出合《のらであい》　一五五20

野良ですから蜂に刺されることもあります。諺《ことわざ》「泣き面に蜂」を援用した句ですが、ここで「泣く」は喜悦のよがり声をあげることです。

村出合《むらであい》刈《か》り穂《ほ》の上《うえ》で露《つゆ》に濡《ぬ》れ　八五17

刈り穂（刈り取った稲の穂）の上でコトに及べば、露に濡れることもあるでしょうが、これは百人一首の「秋の田のかりほの庵のとまをあらみ　わがころもでは露にぬれつゝ」（天智天皇）のもじりです。ただし、和歌の方の「かりほ」は「仮り庵《ほ》」で仮り小屋のことです。

飛鳥下土器《あすかしたかわらけ》を割《わ》る村出合《むらであい》　一〇九9

王子の飛鳥山では、眼下の田んぼに向かって土器を投げるのが有名でした。そこで、その飛鳥山下あたりの田んぼで逢い引きをすると、落ちている土器を踏み割るだろうというのが表向きの意味ですが、土器には無毛の女陰の意味もありますので、まだ陰毛の生えていない女陰を割る（処女を犯す）というのがもう一つの意味です。

野良出合《のらであい》行雁列《こうがんつら》を乱《みだ》すなり　末四22

後三年の役の際、源義家が空を行く雁の列が突然乱れたのを見て、伏兵がいることを見破ったという話があります。これは義家が大江匡房《まさふさ》から教えられた兵法で、「兵、野に伏すときは、雁の列破る」とか「野に伏兵あれば、行雁列を乱す」などの言葉で伝えられています。この句は、その話を題材にして、野原に出合の男女が伏せっていれば、当然雁は列を乱すだろうね、というのです。

芋《いも》の葉《は》でおっ拭《ぶ》いておく野良出合《のらであい》　五一6

終了後の後始末も芋の葉でしますす。その辺に捨てておいても、紙よりも目立たなくていいかもしれません。

5 入り込み湯

さて、密会とまでは行かなくても、男と女が触れ合うパラダイスは、あちこちにあります。まずは「入《い》り込《ご》み湯《ゆ》」です。

江戸の銭湯には、男専用銭湯、女専用銭湯、内部で男湯と女湯を仕切った銭湯、時間で男女を分けた銭湯などあった中で、男女混浴の「入り込み湯」もあったようです。

入《い》り込《ご》みは抜《ぬ》き身《み》 蛤《はまぐり》ごったなり　安七桜3

入り込み湯は、抜き身（男根）と蛤（女陰）が、薄暗い湯船でごったになっている状況です。何事か起こらないわけがありません。

かの娘《むすめ》来《き》たので湯屋《ゆや》が割《わ》れるよう　明三梅2

評判の器量好しの娘が湯屋へやってくると、男どもの割れるような歓待を受けます。もっとも、そのことは、女の方も一応わかった上で行くわけですから、それなりに防御態勢を取る人もいます。

入《い》り込《ご》みの女《おんな》大海手《たいかいて》でふさぎ　安四宮3

「大海」は「大開」に通じさせた表現で、「開」は女陰のことです。入り込み湯へ入った女が、自分の女陰を手で塞いで防御するというのですが、「大海を手で塞《せ》く」という諺があり、「とうてい不可能なことをしようとすること」（『日国』）という意味です。
手で隠したぐらいでひるむ男どもではありません。

手長足長《てながあしなが》入《い》り込《ご》みの風呂《ふろ》の内《うち》　末三11

入り込み湯の中では、男が女の身体に手や足を伸ばしてきます。「手長足長」は、手足の異常に長い伝説上の人物を踏まえたものでしょうか。
手長足長の被害に遭った女はどう対処するのでしょうか。

猿猴《えんこう》に呆《あき》れて娘《むすめ》湯《ゆ》を上《あ》がり　宝一二松4

「猿猴」は手長猿のこと。娘なら、痴漢に呆れてさっさと湯から上がってしまいます。しかし、年増になってくるとただではおきません。

せんずりをかけと内儀《ないぎ》は湯屋《ゆや》で鳴《な》り　安六梅3

「せんずりをかく」は自慰をすること、「鳴る」は大声を出すことです。手を伸ばしてきた男に向かって、「なんだね、女に飢えているのかえ。そんなことしないで、せんずりでもかいていな」と大声で罵倒するのです。

つねられて嬶《かかあ》湯風呂《ゆぶろ》を鳴《な》り壊《こわ》し　安五天2

女性の尻をつねるのは求愛の表現ですが、もちろん受け入れられるはずもありません。長屋の嬶ともなれば、湯船を壊さんばかりにがなり立てるのです。

6 切り落とし

「切り落とし」は、歌舞伎劇場の舞台正面下にある下等の大衆席です。仕切りがなく、大勢詰め込んだものですから、通勤電車並みの大混雑で、痴漢が活躍したようです。

くじり場所《ばしよ》が百三十二文《ひやくさんじゆうにもん》なり　安六宮3

「くじる」は指で女陰をいじること。「指人形を使う」などとも言います。くじるに都合のいい場所すなわち切り落としの代金は、一人百三十二文だったようです。蕎麦一杯が十六文の時代ですから、下等席とはいいながら結構なお値段です。

歌舞伎見《かぶきみ》ながら人形《にんぎょう》の面白《おもしろ》さ　二七33

歌舞伎を見ながら、指人形を使うのは面白いというのです。もちろん、操り人形芝居を暗示して、歌舞伎と対比させたところが技巧です。

手《て》に芸《げい》のあるやつも来《く》る切《き》り落《お》とし　安二鶴3

芸事の好きな連中の集まる歌舞伎劇場ですが、手先に芸のあるやつもやってきます。こういう場所ですから、年頃の娘と一緒の家族はそれなりに用心します。

お袋《ふくろ》を垣根《かきね》に使《つか》う切《き》り落《お》とし　宝九仁

娘《むすめ》をば婆《ばばあ》で仕《し》切《き》る切《き》り落《お》とし　安元智2

しかし、この程度でひるむようなやわな男たちではありません。あらゆるバリヤーを乗り越えて手を出してきます。

膝台《ひざだい》をしてくじってる切《き》り落《お》とし　末三9

「膝台」は、膝を台にすることですから、膝の上に女性を乗せてくじっているのでしょう。

中指《なかゆび》に皺《しわ》の寄《よ》るほど長《なが》い幕《まく》　五六20

開演中はずっと中指を入れっぱなしで、ふやけて皺が寄るほどだというのです。

切《き》り幕《まく》の時分《じぶん》は片手《かたて》入《はい》りそう　安四鶴5

「切り幕」は、芝居の最後の狂言のこと。ずっとくじり続けて潤滑になり、終幕頃には片手が入りそうな状態になったというのでしょう。

切《き》り落《お》としその手《て》でおこし買《か》って食《く》い　三五14

弁当《べんとう》をその手《て》でもらう切《き》り落《お》とし　末三27

混雑した切り落としでは、手を洗いに行くのもままなりませんから、くじった手で場内販売の「おこし」を買って食ったり、弁当を受け取ったりすることになります。もっとも、すべてうまくいくわけではなくて、たまには邪魔が入ります。

居替《いか》わってくれなと嫌《いや》な切《き》り落《お》とし　藐6

触られた娘が、一緒にいる母親あたりに「場所を替わってほしい」と言っているのです。

くじる間《あいだ》へ真《ま》っ平《ぴら》と座《すわ》るなり　安六義7

「真っ平御免」と、間へ強引に割り込んで来るやつもいます。

くじる最中《さいちゅう》太郎兵衛様《たろべえさま》急御用《きゅうごよう》　安六桜4

人形町《にんぎょうちょう》助兵衛様《すけべえさま》あびっくり急用《きゅうよう》　一〇四19

開演中に、観客に急用のあるときは、塗り板に胡粉で住所・名前を書いて、舞台の柱に掛けたのだそうです。二句ともその場面を詠んだ句ですが、二句目の「人形町」は指人形の暗示です。

くじる最中《さいちゅう》めいめいに札出《ふだだ》して　安六智5

くじっている最中に「洗い」という「検札」が行われたのです。切り落とし札を持っていないと料金を追徴されたようです。これはくじってはいられません。

ところで、こんな句があります。

くじる外《ほか》よい知恵《ちえ》の出《で》ぬ切《き》り落《お》とし　末二4

くじる以上のことをしたいのだが、実現する名案がないというのです。何がしたいかといえば、

切《き》り落《お》としとてものことに入《い》れたがり　末初21

「とてものことに」は「いっそのこと。どうせならば」という意味。つまり、いっそのこと挿入したいというのです。

いくらなんでも公衆の真っただ中でそこまでは、と思うのですが、くじり続けていれば、そのような欲望が湧いてくるのも当然かもしれません。

どう工夫《くふう》してもされない切《き》り落《お》とし　末二4

切《き》り落《お》とし二寸長《にすんなが》いとするところ　末二19

どう工夫しても不可能ですが、確かに一物がもう二寸（六〜七センチ）も長ければ届くかもしれません。

なかには、なんとか実現した猛者もいるようで、

切《き》り落《お》とし入《い》れは入《い》れたが使《つか》われず　四九23

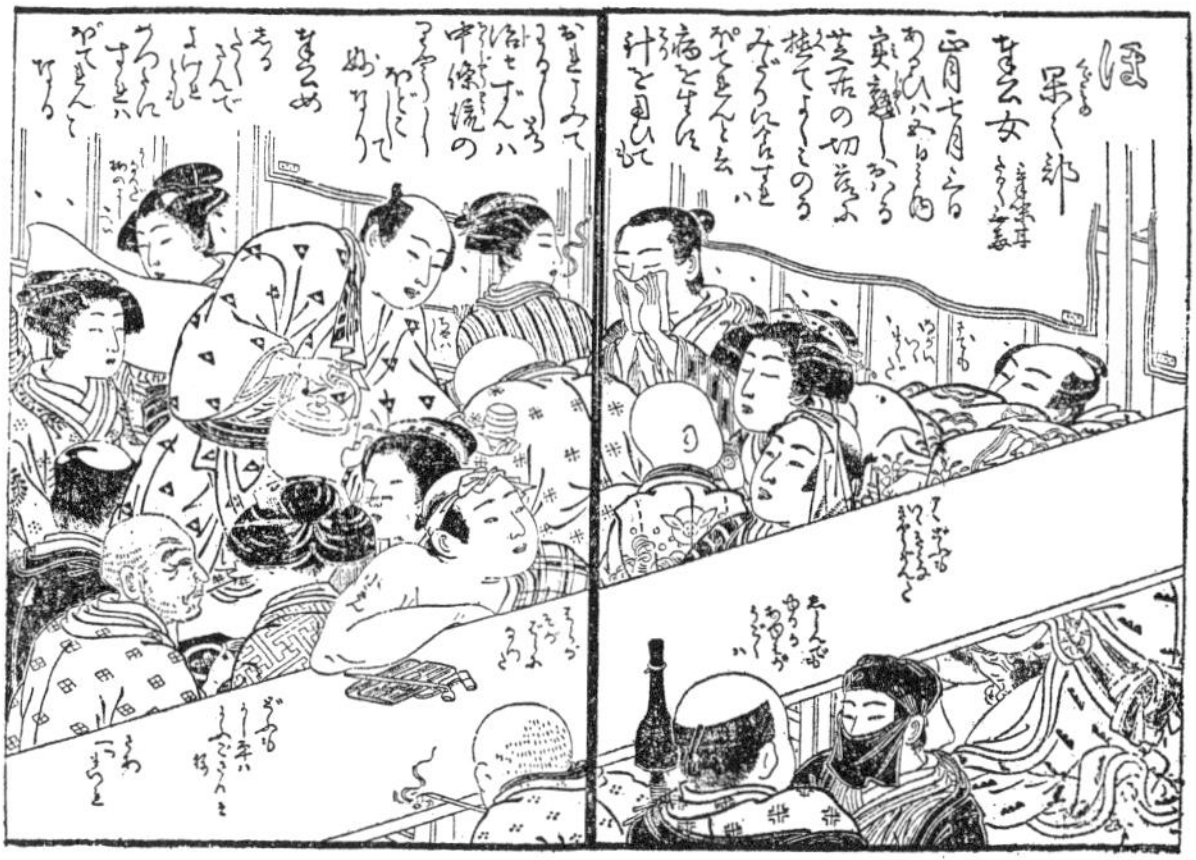

図4「切り落し」礒田湖竜斎画『色物馬鹿本草』

挿入はしたものの腰を使うことはできないというのです。それはそうでしょう。

いずれにしても、終演になれば、楽しい時間もお終いです。

今日《こんにち》はこれ切《き》り指《ゆび》を引《ひ》っこ抜《ぬ》き　三六11

前述の通り、「今日はこれ切り」は終演の口上です。

第六章　おもしろ〝裏〟偉人伝30

破礼句作者の飽くなき探究心は、歴史上の人物にも及びます。歴史上の人物を正面から詠まないで、ひたすら裏側から人間くさく描写する熱心さには、本当に感嘆します。この章では、三〇人分の句をご紹介しますが、前著『江戸川柳　おもしろ偉人伝一〇〇』に登場した人物も、多く含まれています。読み比べていただいて、いわば「〝裏〟偉人伝」の可笑しさを味わっていただければ幸いです。

1　国常立尊《くにのとこたちのみこと》

せんずりを国常立尊《くにとこたちのみこと》かき　末二5

国常立尊は、『日本書紀』に出てくる、万物にさきがけて出現した神様です。後に現れることになる男女一対の神様ではなく、独り身の神様だそうです。この世に女性がいないわけですから、せんずりをかく（男性の自慰）以外に仕方なかろうというのです。

2 日本武尊《やまとたけるのみこと》

日本武《やまとたけ》碓氷《うすい》峠《とうげ》でしたくなり　明六亀2

『おもしろ偉人伝』の日本武尊の項では、「海《うみ》に入《い》る操《みさお》を山《やま》で御慕《おんした》い」（九九104）という句をご紹介しました。これは日本武尊が東国からの帰途に峠を通るとき、海に身を投げて暴風雨を鎮めた妃弟橘媛《おとたちばなひめ》を偲んで「吾妻《あずま》はや」と歎かれたという話を詠んだ句です。しかし、そういう美しい物語も破礼句作者の手にかかると、たちまち「碓氷峠で妃を思い出したら、アレをしたくなっただろうねえ」という話になってしまいます。

3 武内宿禰《たけのうちのすくね》

二百年《にひやくねん》ほど不淫《ふいん》だと武内《たけのうち》　一二27

武内宿禰は、大和朝廷初期の伝説上の人物で、六朝の天皇に仕え、三六二歳まで生きたといわれます。そうすると、晩年には「そうだねえ、もう二百年ほどナニの方はご無沙汰していねえ」などと言っただろうというわけです。

4 衣通姫《そとおりひめ》

衣通《そとおり》は生《は》えたをいっそ苦労《くろう》がり　末四21

衣通姫は、「記紀」に登場する伝説上の人物です。『日本書紀』では允恭《いんぎょう》天皇の妃とされ、大変な美人で、その美しさが衣を通して光り輝いたといわれています。衣を通して身体が見えたのなら、あそこも当然見えたはずで、毛が生えてきたら恥ずかしくて、いっそ（たいそう）苦労に思っただろうというのです。

5 松浦佐用姫《まつらさよひめ》

佐用姫《さよひめ》が股鉄梃《またかなてこ》でくじって見《み》　末四17

佐用姫は、『万葉集』などに出てくる伝説上の人物で、恋人の大伴狭手彦《おおとものさでひこ》が出征するときに、悲しみの余り石になってしまったといわれます。狭手彦が帰ってきて、久しぶりで佐用姫をくじろうとしたとき、石になってしまっていては、鉄梃でも使わねばどうしようもありません。あんまり楽しくなかったでしょうね。

6 久米仙人《くめのせんにん》

毛《け》が少《すこ》し見《み》えたで雲《くも》を踏《ふ》み外《はず》し　末三18

久米仙人は、洗濯をしている女の白い脛《はぎ》が見えたので、神通力を失って雲から落ちたことになっています。しかし、いくら仙人でも、脛が見えたくらいでは動揺しないだろう。やっぱり毛が少し見えたんじゃないの、というのが破礼句作者の推測です。

7 浦島太郎《うらしまたろう》

浦島《うらしま》がへのこ即刻《そっこく》ちぢれ込《こ》み　二八30

竜宮城でもらった玉手箱を開けたために、浦島太郎はたちまち老人になってしまいました。『おもしろ偉人伝』では、「浦島《うらしま》は歯茎《はぐき》を噛《か》んでくやしがり」（三七10）をご紹介しましたが、「歯・目・魔羅《まら》」の成句通り、「歯」が駄目なら「目」も駄目、当然「魔羅」（男根）も縮み込んでしまうだろうというのです。

8 弘法大師《こうぼうだいし》

故郷《ふるさと》を弘法大師《こうぼうだいし》けちをつけ　宝一一満2

弘法大師が、生まれ故郷・讃岐国の悪口を言ったというのではありません。この「故郷」は、すべての人間がこの世に出てくるところ、すなわち女陰のことです。弘法大師は、唐から衆道（男色）を持ち帰り、日本で広めたという俗説があります。男の裏門は結構だが、自分の生まれ故郷の方は女犯の罪になると、けちをつけたというのです。

9 在原《ありわらの》業平《なりひら》

業平《なりひら》をへこたれ腰《ごし》で持《も》ち上《あ》げる　明七礼6

在原業平はさまざまな女性を相手にしましたが、『伊勢物語』（第六十三段）では、三人の子供がいる女性と関係を持ちます。この女性は、百年《ももとせ》に一年《ひととせ》たらぬ九十九髪《つくもがみ》の老婆ですから、もうへなへなになった腰で業平を持ち上げてよがるというわけです。

10 在原行平《ありわらのゆきひら》

寝返《ねがえ》るとまたしたくなる中納言《ちゅうなごん》　末四32

「中納言」は、業平の兄の在原行平のこと。勅勘により須磨に流されていたとき、松風・村雨という汐汲み女の姉妹と馴染んだといわれます。姉妹の間に寝ている中納言は、一方と済ませて寝返ると、そこに寝ているもう一方ともしたくなるだろうというのです。

11 安珍《あんちん》・清姫《きよひめ》

安珍《あんちん》はとても添《そ》っても腎虚《じんきょ》なり　明五智5

「腎虚」は、房事過多によって身体が衰弱することです。ご存じの通り、安珍は恋に狂った清姫に追い掛けられ、釣り鐘の中で焼き殺されますが、もし逃げ出さないで一緒になったとしても、あの清姫の惚れようでは、とても（どうせ）腎虚で命を落としただろうというのです。どっちみち取り殺される運命だったわけですね。

12 安倍保名《あべのやすな》

毛深《けぶか》いとばかり保名《やすな》は思《おも》ってし　末三18

安倍保名は、「葛の葉伝説」で知られる人物で、信太《しのだ》の森の白狐が化けた女性「葛の葉」と契ってできた子が、有名な陰陽師《おんみょうじ》安倍晴明《あべのせいめい》だとされています。相手が狐ですから、するときには何か変わった感じがしそうなものですが、保名は全く気が付かず、「ちょっと毛深いなあ」くらいに思ってしていただろうというのです。

13 坂田金時《さかたのきんとき》

もうぞうでできたのもある四天王《してんのう》　末四25

「もうぞう」は、『江戸語の辞典』（前田勇）に、「夢想」の字を当てて「夢で交合すること」とあります。ここで「四天王」は「頼光四天王《らいこうしてんのう》」のことで、渡辺綱《わたなべのつな》、坂田金時《さかたのきんとき》、碓井貞光《うすいのさだみつ》、卜部季武《うらべのすえたけ》の四人ですが、この中で、母親が夢で交合して産まれた人がいるというのです。さて誰でしょう。答えは坂田金時。『前太平記』（巻第十六）によりますと、頼光が金時を召し抱えるとき、金時の母である老婆が「一日此巓《いただき》に出でゝ寝《い》ねたりしに、夢中に赤竜《しやくりよう》来たつて妾《しよう》に通ず。其時、雷鳴夥《おびただ》しくして、驚き覚めぬ。果たして此子を孕めり」と語っています。

14　紫式部《むらさきしきぶ》

するとこをみんな隠《かく》して式部書《しきぶか》き　天五梅2

紫式部の書いた『源氏物語』は、男と女の恋物語なのに、肝心の「する」ところはみんな隠してしまって、書いてないねというのです。そうなんでしょうか。私は『源氏物語』を全巻読んだことがないのでわからないのですが、この句の作者は読んだのでしょうかね。

15　玉藻前《たまものまえ》

幽王《ゆうおう》のした跡《あと》をする鳥羽《とば》の院《いん》　末二10

鳥羽院の寵愛された玉藻前は、実は金毛九尾の狐で、「天竺《てんじく》にては班足太子《はんぞくたいし》の塚の神。大唐《たいとう》にては幽王《ゆうおう》の后褒姒《きさきほうじ》と現じ。我が朝《ちよう》にては鳥羽《とば》の院の。玉藻の前とはなりたるなり」

（謡曲『殺生石《せっしょうせき》』）という代物です。そうすると「それじゃあ、幽王がしたあとを鳥羽院がしたんだね」と至極もっともな理屈を言った句です。

16　源三位頼政《げんざんみよりまさ》

旦那様過《だんなさます》ぎねばいいと猪《い》の早太《はやた》　末四2

「猪の早太」は源三位頼政の家来で、頼政の鵺《ぬえ》退治のときにも活躍しました。頼政は鵺退治の褒美として、かねて思いを寄せていた菖蒲《あやめ》の前を頂戴したのですが、忠実な家来である早太としては「あんな美人を頂戴して、旦那様が夜の戦の方に精を出し過ぎなければいいが」と案じているというのです。

17　源　義朝《みなもとのよしとも》

常盤《ときわ》めをこれでと長田握《おさだにぎ》って見《み》　明四松6

源義朝（頼朝の父）は、平治の乱で敗れた後、尾張国・長田忠致《おさだただむね》の屋敷の風呂場で謀殺されました。裸で死んだ義朝の死体を前にして、長田忠致は「これであの美人の常盤御前とナニしたのか」などと言いながら、義朝の一物を握ってみただろうというのです。常盤御前は義朝の愛妾です。

18　常盤御前《ときわごぜん》

祇王祇女《ぎおうぎじょ》より広《ひろ》いと入道言《にゅうどうい》い　安七亀3

その常盤御前の美貌に惚れ込んで妾にしたのが、相国入道《しょうこくにゅうどう》平清盛です。それまで寵愛していた祇王《ぎおう》・祇女《ぎじょ》を乗り換えたのですが、コトに及んでみると、「祇王・祇女よりアソコが広い」というのが率直な感想だったろうというのです。何しろ今若《いまわか》・乙若《おとわか》・牛若《うしわか》の三人を生んだ経産婦《けいさんぷ》ですから、さもありなんです。そんなものを手に入れるために、後に平家滅亡の立役者になる牛若（義経）を助けたわけですから、一世一代の失敗でした。

19　巴御前《ともえごぜん》

死《し》にますと言《い》うと義仲許《よしなかゆる》せ死《し》ぬ　八三41

木曽義仲《きそよしなか》が愛妾巴御前と睦み合っている様子です。巴御前は大変な美女ですが、敵の武将の首を引き抜いたというエピソードのある剛力の持ち主でもあります。巴御前がクライマックスに至って「死にます！　死にます！」と義仲を抱きしめて身体を硬直させたら、締め上げられた義仲は「許せ！　死ぬ、死ぬ」と悲鳴を上げたと、見てきたような描写をした句です。同じ「死ぬ」でもえらい違いです。

20　安徳天皇《あんとくてんのう》

めめっこが出《で》ると二位殿《にいどの》おっ隠《かく》し　末初6

平清盛の娘徳子《とくこ》（建礼門院《けんれいもんいん》）が生んだ安徳《あんとく》天皇は、実は女性だったという俗説を詠んだ句で、「めめっこ」は子供の女陰をいう俗語です。女性であることを秘密にするため、何かの拍子にめめっこが見えたときには、お守りをしていた祖母の二位殿（清盛の妻時子）は急いで隠しただろうというのです。

21　源《みなもとの》　義経《よしつね》

門院《もんいん》をよがらせたのが落《お》ち度《ど》なり　明五信5

壇ノ浦の平家滅亡のとき、入水した建礼門院《けんれいもんいん》は、波に漂っていたところを掬《すく》い上げられ、義経と情事に及んだという俗説があります。義経はやがて兄頼朝と不仲になりますが、戦の間に建礼門院をよがらせたりしていたのが落ち度とされたのだというのです。この「よがらせた」様子を詳細に綴ったのが、『壇《だん》の浦《うら》夜合戦記《のよるかっせんき》』という有名な古典春本です。

22 武蔵坊弁慶《むさしぼうべんけい》

二度目《にどめ》のが蛸《たこ》だと武蔵《むさし》やめぬなり　安四松4

武蔵坊弁慶は、一生の間に一度しか女性と交わらなかったといわれます。その理由を、破礼句作者はいろいろ推測していますが、この作者の推理は、どうも交わった相手の具合がよくなかったのではないか。もし二度目を試してみて、それが「蛸」だったら止めることはなかったのではないか、というのです。「蛸」は蛸の吸盤のように吸引力の豊かな女陰のことです。

23 文覚《もんがく》

伯母《おば》が聞《き》いてるに遠藤《えんどう》させろなり　末二30

「遠藤」は遠藤盛遠《もりとお》という北面の武士で、後に出家して文覚と名乗ります。イトコの袈裟《けさ》御前という美貌の女性に対し、既に人妻になっているにも拘《かか》わらず横恋慕したために、操を立てた袈裟御前の首を間違って刎《は》ねるという悲劇を引き起こします。この句は、遠藤盛遠が、伯母さん（袈裟御前の母）が聞いているのに、袈裟御前に「させろ、させろ」と迫っているというのです。川柳作家の見てきたような創作ですが、いかにもさもありなんと思えるような乱暴な人間だったようです。

24 高師直《こうのもろなお》

蛸《たこ》とでも侍従《じじゅう》言《い》ったも知《し》れぬなり　安五礼5

足利尊氏《あしかがたかうじ》の執事・高師直は、侍従という女房から塩冶判官《えんやはんがん》の妻が美人だと聞いて横恋慕します。その執心振りがただごとではなかったので、もしかしたら侍従が「あの人は蛸という名器の持ち主ですよ」ぐらいは言ったかもしれないというのが、破礼句作者の見解です。

そこまで考えますか！

25 上杉《うえすぎ》謙信《けんしん》

謙信《けんしん》がへのこ小便《しょうべん》ばかの役《やく》　安六仁6

上杉謙信は、生涯妻帯しなかったので、そのためか実は女性だったという説もあるほどですが、「それじゃ、謙信の一物は小便だけの役だったね」というのです。あれだけの英雄のDNAが後世に残らないのは残念でした。

26 石田《いしだ》三成《みつなり》

けつの恩《おん》命《いのち》投《な》げ出《だ》す関《せき》ヶ《が》原《はら》　末四30

石田三成は、寺小姓をしていた頃、鷹狩りの帰りに立ち寄った秀吉に気に入られ（三献の茶の挿話）、近侍に取り立てられて、佐和山《さわやま》城主にまで出世しました。この恩義に報いるため、徳川家康と戦って関ヶ原で命を落とすことになりますが、川柳作者は簡単には納得しません。もともと寺小姓だし、あれだけ秀吉が寵愛したからには、男色関係があったに違いない。きっと「尻《けつ》の恩」で命を投げ出したのだろうというのです。

27 八百屋《やおや》お七《しち》

生《は》えたのでお七《しち》はどうも許《ゆる》されず　明三義5

八百屋お七は、恋しい吉三郎に会いたいばかりに放火して捕らえられ、鈴ヶ森の刑場で火炙りの刑に処せられました。江戸のお定めでは、十五歳ならば死刑は免れるのですが、残念なことに、「十三ぱっかり毛十六」で、生えていたのが十六歳になっていた何よりの証拠ということで、どうにも許されなかったというのです。

28 絵島《えじま》

旦那《だんな》は蒸籠《せいろう》お次《つぎ》へは張形《はりかた》　末四1

奥女中絵島が、歌舞伎役者生島新五郎《いくしましんごろう》を蒸籠《せいろう》に入れ、大奥へ忍び込ませたといわれる事件を詠んだ句です。新五郎は三宅島へ流され、絵島は信州高遠藩へお預けになるという大事件ですが、破礼句作者の興味はもっぱら色事の方にあって、旦那（絵島）が蒸籠に入ってやってきた生身の男をお楽しみの間、お次の間の召使いには張形を与えて楽しませただろうというのです。身分の違いはいかんともしがたしです。

29 助六《すけろく》

隠《かく》された時《とき》も助六《すけろく》いじって見《み》　明二桜5

歌舞伎『助六由縁江戸桜《すけろくゆかりのえどざくら》』の終盤近くに、揚巻《あげまき》が助六を打ち掛けの下に隠す場面がありますが、「男が女の着物の下に潜ったからには、きっとアソコをいじったに違いない」というのが、破礼句作者の鋭い推測です。言われてみればなるほど、全盛の花魁《おいらん》・揚巻の身体が鼻の先にあるのですから、男ならやるべし、ですかね。

30 仙台高尾《せんだいたかお》

島田《しまだ》ばかりにさせたなとむごいこと　天五智8

仙台侯伊達綱宗《つなむね》は、吉原の遊女・高尾《たかお》のもとに通い詰めましたが、島田重三郎という情人がいる高尾は言うことを聞きません。そこで綱宗は高尾の体重分の黄金を積んで身請けし、隅田川を下る船の中で吊し斬りにしたという俗説があります。そのときに「島田ばかりにさせて、俺にはちっともさせなかったな」と恨《うら》み言《ごと》を言って斬っただろうというのです。いくら頭に血が上っていても、仙台のお殿様がそのような下品なことをおっしゃることはなかろうと思いますが、そこが破礼句であります。

第七章　プロフェッショナルな人たち

売春婦は人類史上最古の職業と言われるように、いつの時代にも性に関わることを生業《なりわい》とする人々がいます。この章では、そうしたプロフェッショナルな人々とその客たちを詠んだ破礼句をご紹介しましょう。

1　吉原の遊女

江戸時代のプロと言えば、何はさておき「吉原」の遊女ということになります。吉原遊廓は、江戸で唯一の公許の遊里で、その他の「岡場所」と呼ばれる私娼街とは格式の違う抜きんでた存在でした。男たる者、吉原で遊んで男を磨き、プロたちに認められる粋《いき》な振る舞いができるようになってこそ一人前だとされていたようです。

① 遊女

吉原は不思議なところで、代金を払っているのに目的を達せられない、すなわち遊女に「振られる」ということがありうべしとされていました。しかも、それは客の方が悪い、客が野暮だからそうなる、文句をいえばますます野暮と軽蔑されるというのです。たまったものではないと思うのですが、そうならないように上手に遊ぶのが腕の見せどころというわけで、素人女など相手にせず、プロと遊ぶのが真の遊び人ということになります。

入《い》れるとよがるのを息子《むすこ》きらいなり　末二18

江戸川柳で「息子」といえば「道楽息子」というのが約束です。いっぱしの遊び人を気取る息子にとって、挿入すればすぐによがるような素人女は面白くない。お互いに秘術を尽くして渡り合うプロの方が好きだというのです。

傾城《けいせい》のよがるは小面憎《こづらにく》いもの　末四21

では、遊女はよがらないか。当然のことながら、商売ですから毎回本当によがっていては身体がもちません。しかし、まったく反応しないでは客が喜びませんから、よがる振りをして客に早く終了させようとします。ところが、遊び慣れた遊客はそんな「空《から》よがり」

は百も承知、嘘っぽくて癪だというのが句の意味でしょう。この客、「では、俺のテクニックで本当によがらせてやろう」と思っているかもしれませんね。

宛《あて》がって御汁《おつけ》を出《だ》すが店屋《てんや》もの　末初7

「宛がう」は、適当に見積もって分配すること。「御汁」は、一般に味噌汁などをいう言葉ですが、ここでは女性の分泌する淫液のことです。「店屋もの」は遊女のことで、プロたる者、素人のように無分別に淫液を出すのではなくて、その日の客の数に応じて上手に配分して出すのだというのです。そんなうまい具合にできるものかと思いますが、仮にできるとしても、そうたくさん出すことはなかったようで、こんな句もあります。

蕎麦《そば》切《き》りでさえも店屋《てんや》は汁少《しるずく》な　八22

相手の女性がよがって淫液をたくさん出してくれる方が、男として嬉しいような気がしますが、江戸の男は素人が嫌いです。

地女《じおんな》はこれがいやだと拭《ふ》き直《なお》し　天五松2

「地女」は、プロに対比して素人の女性のことです。「まったく素人はこれだからいやなんだよ」と、あふれ出た淫液を拭いてから、また取りかかろうとしている様子です。

【突き出し】

ごく一般的にいいますと、遊女は子供のときに遊里に入り、禿《かむろ》・新造《しんぞう》を経て一人前の遊女になります。その間にプロとしての行動を仕込まれるわけですが、中には、こういう過程を経ないで、ある程度の年齢になってから遊里に売られてきて遊女になり、客を取る場合があります。これを「突き出し」といいます。突き出しは、プロとしての訓練をしていませんので、何かと不都合なことを起こします。

突《つ》き出《だ》しはもうよがりんすまいと泣《な》き　末二16

突《つ》き出《だ》しの羊《ひつじ》ほど食《く》う恥《は》ずかしさ　二21

と、遣《や》り手《て》に叱られて泣くほどよがったり、淫液をたっぷり出して、まるで羊が食うほどに紙を使ったりします。

そんなことをしていたら身体がもちませんから、

そうさせるものかと突《つ》き出《だ》しを叱《しか》り　末二29

ざっとさせおれと突《つ》き出《だ》し叱《しか》られる　安五桜3

「そんなに一生懸命にさせていてはだめだ。ざっとあしらっておけばいいのだ」と、遣り手がプロの心構えを教育するのです。

遊客の中には、

突《つ》き出《だ》しは気遣《きや》るをもって尊《とうと》がり　三三42

と、突き出しが素人っぽく本気で絶頂に達するのを喜ぶ客がいないではないのですが、「入れるとよがるのがきらいな」遊び上手を自認する息子からみると、

突《つ》き出《だ》しは素人《しろうと》向《む》きさと息子《むすこ》言《い》い　玉15

という評価になるのは、当然のことでしょう。

【除毛】

遊女は、女陰の除毛をしたそうです。商売道具を美しく見せるためと、毛切れ防止・病原菌や毛虱《けじらみ》の伝染防止のためだったようです。

図５「毛をぬく」歌川豊国画『逢夜雁之声』（文政５年）

惜《お》しい毛《け》を傾城《けいせい》みんなひんむしり　末二20

「ひんむしり」とありますから、毛抜きで抜いたのでしょう。もっとも、全部抜いたのではなさそうで、

拾本《じゅつぼ》ほど額《ひたい》へ残《のこ》す店屋《てんや》もの　明五梅3

女陰の上部に少し残していたようです。

もちろん、素人の女性（地女）はこのような手入れはせず、生え放題です。

女房《にょうぼう》の毛《け》は十六《じゅうろく》で生《は》えたまま　末初25

となれば、体質によっては、

地女《じおんな》は唐人《とうじん》ほどの口《くち》の端《はた》　末初4

地女《じおんな》は竜《りゅう》の髭《ひげ》ほど生《は》やして居《い》　明二礼5

外国人の口髭や竜の髭に匹敵するほどの景観となります。

吉原できれいに手入れした女陰を見た亭主が、女房に対して、

女房《にょうぼう》にちっと抜《ぬ》きゃれと弐《に》へん撫《な》で　末初5

「少し抜いたらどうだ」と要求したりしますが、女房はなかなか言うことを聞きません。

抜《ぬ》くことは嫌《いや》さと女房《にょうぼ》搔《か》き分《わ》ける　末初22

「あたしゃ女郎じゃないから、抜くのは嫌さね。毛切れしないように、こうして搔き分けてすればいいじゃないかえ」

「そういう実用的な話だけじゃないんだが……」という亭主のぼやきが聞こえそうです。

傾城《けいせい》は臍《へそ》の下《した》まで不二額《ふじびたい》　一〇三20

小《こ》ぎれいに毛《け》を引《ひ》いておく店屋《てんや》もの　末二28

要するに、江戸の男は女陰の手入れに象徴されるようなプロの世界が好きなのです。

【長い文】

遊女は、遊客に対して営業用の手紙を書きます。商売に資することですから、それ自体は結構なことなのですが、張見世で客を待っている間に書くならまだしも、閨の客の枕元で延々と書くのは、客を振る手立てでもあるのです。

おえてるにさてさてらちの明《あ》かぬ文《ふみ》　末二30

おえている鋭気《えいき》をくじく長《なが》い文《ふみ》　末二4

床の中で客は臨戦態勢を整えているのに、遊女は枕元で手紙を書いていて、らちが明かない。そのうち一物の鋭気もくじかれてくるといった案配。まことに不幸な晩というほかはありません。

隣《とな》りでは弐番済《にばんす》んだに書《か》いて居《い》る　末二11

隣の部屋では、もう二回も交歓をした様子だが、こちらではまだ延々と書いているというのです。

ただ、こんな句もあります。

壱《ひと》つとらせてから文《ふみ》を書《か》き始《はじ》め　末初29

一回交歓してから、床を抜け出して手紙を書き始めたというのです。まず欲望を満たしてやってから営業に励むという心優しい遊女なのか、それとも何事も機械的に済ませるというあっぱれプロフェッショナルな遊女なのか。どうなんでしょう。

② **新造**

禿が十四、五歳くらいになると、姉女郎の世話で「新造《しんぞう》」になります。まだ自分の部屋もなく、姉女郎に付属している半人前の存在です。

【老人客】

江戸川柳では、老人客が新造を揚げることになっています。

隠居《いんきょ》と新造《しんぞう》提灯《ちょうちん》に振袖《ふりそで》　安四智9

「提灯」は老人の一物、「振袖」は新造のことです。「提灯に釣り鐘」のもじりがミソという句です。

ええ年《とし》をしてめめっこへはまるなり　末二33

「めめっこ」は少女の女陰のことです。いい年で新造に入れ揚げるということです。

新造《しんぞう》に足《た》し無《な》い水《みず》を使《つか》い捨《す》て　六10

「足し無い」は乏しいこと。新造に残り少ない精水を使うのです。しかし、ちゃんと精水を使える状態になれば立派なもので、残念ながら不如意というのが老人客の悲しい現実です。

新造《しんぞう》は干《ほ》し大根《だいこん》に縒《よ》りを掛《か》け　末三20

新造にとっては大事な客ですから、干し大根（しなびた一物）に懸命の刺激を加えます。おかげで若干は元気になることもありますが、結局は、

新造《しんぞう》は中折《なかお》れがしてもてあまし　末二12

途中で勢いを失う羽目になり、新造がもてあましてしまうことになります。

一物は元気がなくても、老人特有のしつっこさを発揮して、新造の身体を執拗に触った

りするのですが、早く営業を終了したいプロの卵としては、いい迷惑です。

もちゃそびにせずとしなよと新造《しんぞう》言《い》い　末二12

「もちゃそび」は「持ち遊び」で玩具《おもちゃ》のこと。「もう、手で触って遊ぶのはやめて、早くしなよ」と言っているのです。

肝心のときにはダメでも、意外なときに元気を出すことがあります。

茶屋《ちゃや》へ来《き》ておえたと隠居《いんきょ》くやしがり　末四12

妓楼《ぎろう》での一戦に不戦敗だった老人客が、引き手茶屋へ戻ってきた頃になって、突然臨戦態勢になったというのです。これはくやしがるのも当然ですが、次回頑張りましょう。

いずれにしても、新造を買う元気のあることは有り難いことです。

新造《しんぞう》を買《か》うまで命《いのち》長《なが》らえて　明元義2

よかったですね。「買うまで命長らえて」は、謡曲『高砂《たかさご》』の「木《こ》の下蔭《したかげ》の落葉《おちば》かくなるまで命《いのち》ながらへて」の文句取りです。

【名代】

吉原では、遊女に馴染み客が重なった場合、一方の客へ妹女郎の新造が代理として出ます。この新造を「名代《みょうだい》」といいますが、客はこの名代に手を出してはいけないしきたりになっていました。「さあ遊ぼう」と勇気凜々やってきたところへ、若いぴちぴちした新造を宛がわれて、それに指一本触れてはいけないというのは難儀な状況です。

新造は眠たがりというのが川柳の約束で、すぐに眠ってしまいます。

帆柱《ほばしら》の傍《そば》で新造船《しんぞうふね》を漕《こ》ぎ　末二1

客が一物を帆柱のように立てている傍で、新造がこっくりと居眠りをしている様子です。「新造」はもともと新しく造った舟のことですから、「帆柱」「新造」「船を漕ぐ」と縁語仕立てになっているのが技巧です。

足《あし》をよじって名代《みょうだい》はいびきなり　末三7

もし客が手を出してもさせまいと、足をよじって寝るのです。しかし、熟睡してしまったら何をされるかわからないと、

寝《ね》るとされるで名代《みょうだい》は起《お》きている　末二38

眠たがりの新造にしては、珍しく頑張って起きていることもあります。
前述のように、名代に手を出してはいけないのですが、

あまりむごさに名代《みょうだい》はさせるなり　安九智5

という句をみると、建前は建前として、内緒でさせてくれた名代もいたようです。

③ **浅黄裏**

ここで、プロを相手にする遊客の代表として、浅黄裏《あさぎうら》（略して浅黄）の破礼句をご紹介しておきましょう。「浅黄裏」は、本来は「浅黄色（緑がかった薄い藍色）の裏地」のことですが、江戸川柳では、浅黄木綿の裏地の着物を着ている田舎者ということで、江戸勤番の田舎侍を言い、吉原で野暮な言動をして遊女に徹底的に嘲られることになっています。

御身達《おみたち》は気《き》が行《ゆ》かぬかと浅黄裏《あさぎうら》　末初12

「御身達」は「おまえたち」。「気が行く」は、「気を遣る」と同じく性的絶頂に達するこ

と。浅黄裏が遊女に対し、「おまえたちは気が行くことはないのか」と聞いているというのです。前述しましたように、遊女は商売の都度気を遣っていては身体がもちませんから、空よがりをしてみせて客を刺激するのですが、浅黄裏にはそんなテクニックも省略しているのでしょう。そんなこともわからず、武骨な武家言葉で実態を究明しようとする、その野暮さ加減に気が付いていないのがまさしく野暮なのです。

四番目《よばんめ》をさせぬと若《わか》い者《もの》を呼《よ》び　末二33

もうすでに三回交わったのに、なお四回目に及ぼうとして遊女に断られ、「けしからん」と若い者（妓楼の従業員）を呼びつけて、文句を言っているというのです。「浅黄裏」という言葉はありませんが、このような野暮な行動は、まさしく浅黄裏に違いありません。四度目にも及ぼうというのも野暮ならば、遊女にすげなくされて直ぐに従業員を呼びつけるのも野暮なのです。

たった一番《いちばん》させたよと浅黄裏《あさぎうら》　末四6

性欲ぎんぎんの浅黄裏が、「たった一回しかさせてくれなかった」と残念がっているのです。遊里に入り浸っている馴染み客ならともかく、野暮の固まりの浅黄裏なら振られても当たり前、一回でもさせてもらえれば十分なのですが、そこがわからないのです。

2 芳町の陰間

「芳町《よしちょう》」は、現在の中央区日本橋人形町あたりにあった里俗名で、男色を生業とする「陰間《かげま》」を置く陰間茶屋が多数営業していたところです。

人の趣味はいろいろですから、男色趣味もそれはそれで結構なのでしょうが、

生酔《なまえい》になって陰間《かげま》を壱度買《いちどか》い　傍三27

よくよくの馬鹿芳町《ばかよしちょう》に三日居《みっかい》る　一八32

生酔（泥酔）で前後不覚のときに一度買ったことがあるねとか、吉原で三日居続けをするのも馬鹿だが、芳町で三日も居るのはよくよくの馬鹿だよな、という句からみると、江戸の人たちはあまり好みではなかったように思えます。

もっとも、

おや馬鹿《ばか》らしい芳町《よしちょう》へ行《ゆ》きなんし　一〇五12

芳町《よしちょう》へ行《ゆ》きなと女房《にょうぼ》承知《しょうち》せず　五四15

というように、遊女や女房に肛交を挑んで手厳しく拒絶されている御仁がいるところをみると、そういう行為は必ずしもお嫌いではないようではありますが。

いずれにしても、人間の器官を本来の機能とは違う目的で使わせるのは、プロといえどもなかなか難儀のことだろうと拝察いたします。


芳町《よしちょう》でする水揚《みずあ》げのえらひどさ　末四8

「水揚げ」は、「遊女、娼妓が初めて客に接すること」(『日国』)。「えらひどい」は、大変にひどいことです。女性の水揚げも大変だが、男性の方は格別ひどいということです。

その苦痛を緩和するための潤滑剤として、「通和散」という薬が売られていたそうです。

天神《てんじん》の裏門《うらもん》で売《う》る通和散《つうわさん》　七九32

「天神の裏門」は、湯島天神の門前町に、芳町に次ぐ多数の陰間茶屋があったことと、「肛門」を利かせたものです。

当然のことながら、陰間としては楽に商売できる方がありがたいですから、

芳町《よしちょう》の客《きゃく》小道具《こどうぐ》でもてるなり　六八8

お道具の小さい方大歓迎ということになります。なるほど。

しかし、もともと不自然な行動ですから、破損に至ることもままあったようです。

釜《かま》損《そん》じに付《つ》き相休《あいやす》み候《そうろう》陰間《かげま》　一二三別15

「釜損じに付き相休み候」は、風呂屋が風呂釜の破損で休業するときの掲示文です。この句の「釜」はご説明するまでもありませんね。

損じた釜は修理しなければなりませんが、川柳では、箱根の底倉温泉で治療することになっています。

底倉《そこくら》で鋳掛《いか》けて元《もと》の釜《かま》となり　拾三9

底倉温泉は、箱根七湯の一つで、昔から痔疾に効能ありとされる名湯です。「鋳掛ける」は、昔、鋳掛け屋さんがやったように、鍋釜の破損した箇所に合金を溶かし込んで修理することです。ここでは、もちろん「釜」の縁語として使われています。

ところで、陰間は快感を覚えるものでしょうか。この道は奥深いものがありましょうから、門外漢にはよくわからないのですが、こんな句があります。

あんまりな嘘《うそ》は陰間《かげま》のよがりよう　八八19

吉原の遊女の項で「空よがり」の句がありました。遊女の場合は、本来よがる器官を使用しているのですから、「空よがり」でもそれなりの迫真性がありますが、陰間がよがるのは余りにも嘘っぽいねえ、というのです。

【陰間の客】

陰間のお客は、男色好きの人なら誰でもいいわけですが、女性を禁じられている坊主が多かったといわれています。

お鉢米和尚《はちまいおしょう》はみんな釜《かま》へ入《い》れ　八六14

「お鉢米」は、葬式のときに会葬者が持っていく米のことですが、これを和尚がみんなお釜に入れてしまったというのです。もちろん飯を炊いたわけではなくて、陰間の「お釜」に入れ揚げたのです。

馬鹿和尚《ばかおしょう》かげまに四《よ》ツ目用《めもち》いてる　一一五11

「四ツ目」は「四ツ目薬」の略で、第十章でご説明しますが、女性を悦ばせるために男根に塗布する媚薬です。女悦用の薬を男色に用いても効き目はあるまい、というのが「馬鹿和尚」の理由でありましょう。

また、後家や奥女中が男役としての陰間を買いにやってくることもあります。

売《う》り物《もの》に芳町《よしちょう》　表《ひょう》裏《り》あるところ　末四24

「売り物に表裏がある」というと、インチキ商売の話のように読めますが、もちろん身体の表側と裏側の両方で商売をするという意味です。

後家《ごけ》を抱《だ》き坊主《ぼうず》をおぶう陰間茶屋《かげまぢやや》　四六16

後家には前面を使い、坊主には背面を使って商売をします。

後家や奥女中の相手をするのは、男色業としては薹《とう》が立ってしまった陰間ということになっています。

後家《ごけ》へ出《だ》す陰間《かげま》壱本使《いっぽんづか》いなり　末初26

「一本使い」は、「一人前として通用する十分な技量があること」（『日国』）ですが、一人前の男に成長してしまった陰間が、後門ではなく前方の一本を使って相手をするのです。

御釜《おかま》のばくばくを後家《ごけ》は買《か》いに来《く》る　末四23

用立《ようだ》たぬ釜《かま》御殿《ごてん》から買《か》いに来る　安六宮2

お釜がばくばく状態で役に立たなくなったのを、後家や御殿女中が買いに来ます。

薹《とう》に立《た》った陰間《かげま》おつけの実《み》に売《う》り　安六仁5

汁《しる》の実《み》に陰間《かげま》のへのこ売《う》れるなり　一九ス11

川柳では、御殿女中は淫液（御汁《おつけ》）をたくさん出すという約束になっています。御汁沢山の女陰に入れる男根だから「御汁の実」ということになります。一方、後家は年配者が多いですから、御汁に関しては、

御殿《ごてん》ほど後家《ごけ》は出《だ》さぬと陰間言《かげまい》い　末四16

というのが、陰間の感想です。

さて最後に、後家と奥女中の感想を一句ずつ。

地男《じおとこ》はじきにやるよと後家《ごけ》ぬかし　一二二乙39

素人の男はすぐいっちゃうから、つまんないね。その点プロは長続きがするからね。

牛《うし》はものかわと陰間《かげま》へ局言《つぼねい》い　一四5

「牛」は水牛の角で作った張形。「ものかわ」は「ものの数ではない」という意味です。「やっぱり本物はいいわねえ。張形なんか比べものにならないわ」と。なお、「ものかわ」は、「待つ宵のふけ行くかねのこゑきけば　あかぬわかれの鳥はものかは」（小侍従『新古今和歌集』）を利かせたものでしょう。

第八章　男と女のからだの構造

人間のからだの構造が男と女で一部異なっていることについては、日本国が創造される前から神様が気づいておられました。『古事記』によりますと、伊邪那岐命《いざなぎのみこと》・伊邪那美命《いざなみのみこと》の二柱の神が淤能碁呂島《おのごろじま》に天降られたときに、女神・伊邪那美命は「吾《あ》が身は、成り成りて成り合はざる処《ところ》一処《ひとところ》あり」と仰せになり、男神・伊邪那岐命は「我が身は、成り成りて成り余れる処一処あり」と仰せになったそうです（『古事記』岩波文庫）。

この章では、この「成り余れる処」（男根）と「成り合はざる処」（女陰）についての句をご紹介することにしましょう。

1　男根

①　その特徴

こんな句があります。

男《おとこ》のは邪魔《じゃま》になろうと女《おんな》の気《き》　末初15

女性の感想として、あんな物体が股間にぶら下がっていれば、さぞかし邪魔になるだろうというのです。なにしろ成り余っている存在ですから、成り合わざる側から見るとそんな感じがするかもしれません。

ただ、ふだんは気になりませんが、この物体は刺激を受けると通常時より大きく固く変化する特性があります。これを江戸語で「おえる」と言います。もちろんその本来の目的である臨戦態勢のときなら望ましい現象ですが、そうでないときにはいささか困ったことになります。

【壱人者】

この困ったことの例によく出てくるのが「壱人者」、独身者です。

壱人者《ひとりもの》暇《ひま》だととかくおえるなり　天三宮2

家に帰っても特にすることもなく、しゃべる相手もいなくて暇を持て余す壱人者。何とはなしにおえてきたりします。

冷《ひ》や飯《めし》とおえるに困《こま》る壱人者《ひとりもの》　末初34

飯は何回分か一度に炊いておくので、やむを得ず冷や飯を食うことになります。冷や飯もおえるのもどちらも壱人者にはいい解決方法がなく、困るというのです。

壱人者《ひとりもの》へのこのおえるたび小言《こごと》　末四1

困った壱人者が、自分の一物に対して「おまえ、そんなになったところで、どうしようもないじゃないか。困ったやつだ」などとぶつぶつ言っているのです。

おえたのをだがよだがよと壱人者《ひとりもの》　安五智3

「だがよだがよ」は、子供をなだめすかすときに使う言葉です。こちらはぶつぶつ言わないで、おとなしくしろとなだめているのですが、簡単にはおとなしくなりません。

つくづくとおえたのを見《み》る壱人者《ひとりもの》　末三30

おやしたりけりにしておく壱人者《ひとりもの》　末四33

されぱいかんともし難く、呆然と眺めているだけということにもなります。となると冒頭の句のように、「邪魔になろう」というのも、当たっていることになるかもしれません。

【対処法】

さて、一物が屹立しますと、着物の前がもっこりして具合の悪いことになります。そんなときはどうするか。なんと帯に挟んで目立たなくするのだそうです。

持《も》ちゃつかい寝起《ねお》きの帯《おび》へ引《ひ》っ挟《ぱさ》み　末三31

「持ちゃつかう」は「持て余す」ことです。寝起きのときに、いわゆる「朝立ち」で始末に困った一物を、帯に挟んでおくのです。

生《い》きたのを帯《おび》へ挟《はさ》んで絞《し》め殺《ころ》し　安六桜5

という句もあります。

もっとも、こういう処置が必要なのは、若い元気なときに限ります。

かなしさは昔《むかし》は帯《おび》へ挟《はさ》んだり　末二1

という身につまされる句もあります。

家の中なら、まだいいんですが、戸外の人目につくところでおえると、甚だ困ったことになります。

おえたのはもう隠《かく》されぬ衣替《ころもが》え　末三29

厚ぼったい着物のうちはまだ何とかなりますが、衣替えをして薄い着物になると、もう隠せなくなります。

【自慰】

なにはともあれ、こうなったら自ら慰めるほかありません。

聞《き》かぬ気《き》の息子《むすこ》をだます五人組《ごにんぐみ》　六八22

江戸時代には「五人組」という隣組組織があって、近隣の五戸を一組として連帯責任で防犯・防災などに当たっていました。この句は、聞かぬ気（他人の言うことを聞き入れぬ気性）の息子を、この五人組の人たちがだます（なだめすかす）様子のように読めますが、そうではありません。ここで「五人組」は五本の指を使ってする自慰のこと、「息子」は現在でも使うように「男根」のことです。親の意向を無視して猛り狂っている息子を、自らの手でなだめているのです。

夜半《よわ》に君一人《きみひとり》いくらん五人組《ごにんぐみ》　四二25

五人組を使って、夜中に一人でいく（絶頂に達する）というのですが、これは『伊勢物語』（第二十三段）に出てくる「風吹《かぜふ》けば沖《おき》つ白浪《しらなみ》たつた山《やま》　夜半《よわ》にや君《きみ》がひとりこゆらむ」という和歌のもじりになっているのが技巧です。

そこはかとなくかいている壱人者《ひとりもの》　一〇一14

自慰のことを「せんずりをかく」と言います。この句は、壱人者がそこはかとなく（なんということもなく、とりとめもなく）自慰をしているというのですが、『徒然草』（序段）の「心にうつりゆくよしなしごとを、そこはかとなく書きつくれば」の文句取りです。

②巨根

普通、女性は大きい男根がお望みだと思われがちですが、川柳では女性が巨根を持て余している句が目に付きます。

大《おお》きいで嫁人知《よめひとし》らぬ難儀《なんぎ》なり　末二8

嫁に来たものの、亭主の一物が大きすぎるので、他人に相談することもできず、難儀な思いをしているというのです。

女房《にょうぼう》が来《く》ると出《で》て行《ゆ》く八九寸《はっくすん》　末四4

こんな難儀な思いが限界を超えると、離縁に至ることもあります。この句の亭主の一物は、長さが八九寸もあるので、女房が何度来ても出ていくというのです。九寸といえば約三〇センチですから、これはもっともなことでしょう。

大《おお》きいに困《こま》ったもある松《まつ》が岡《おか》　末三29

「松が岡」は、鎌倉・東慶寺《とうけいじ》のことです。いわゆる「駆け込み寺」として有名で、女房がこの寺に駆けこんで、足掛け三年過ごすと離縁が許されることになっていました。離縁を望む理由にはいろいろあるでしょうが、中には巨根に困り果てて駆けこんできた女房もあるというのです。

女房に出ていかれた亭主としては、何か対策を立てなければなりません。そこで、

鍔《つば》かける筈《はず》で女房《にょうぼ》を呼《よ》び戻《もど》し　末二7

「一物に鍔をかけて、奥まで入らないようにするから」と約束して、女房を呼び戻すというのです。そんな用途に使う「鍔」があるものかどうか知りませんが、奇想天外な可笑しい句です。「鍔」ねえ。

③ **腎虚**

元気で励むことは結構ですが、何事も過ぎたるは及ばざるがごとしです。「腎虚《じんきょ》」という言葉があります。『日国』で引きますと、「漢方の病名で、腎水（精液）が涸渇し、身体が衰弱すること。房事過度のためにおこる衰弱症」とあります。腎虚になれば、交合不能はもちろんのこと、重ければ死に至ります。

おごるへのこ久《ひさ》しからず腎虚《じんきょ》なり　末四10

能力を過信しておごり高ぶり、やたらとその道に励んだ御仁も、そんな時期は長くは続かず腎虚となってしまったというのです。「おごる平家は久しからず」のもじりです。好き放題やってその結果腎虚になったのなら、本人もある程度納得がいくでしょうが、そうでない場合もあります。

入《い》り聟《むこ》の腎虚《じんきょ》はあまり律儀過《りちぎす》ぎ　末四32

男が家付きの娘と結婚して、その娘の家に入るのが「入り聟」です。女房とはいいながら、家付きの娘ですから威張っていて、夜の生活も完全に主導権を握っています。女房がしたいと言えばしなければならない難儀な立場ですが、それにしても腎虚になるまで奉仕するとはあまりに律儀過ぎじゃないかというのが、この句の作者の言い分です。

亭主が腎虚になった女房（嫁）の感想はどうなのでしょうか。私を愛してくれている証拠。そこまで頑張ってくれてうれしいと思う女房もいます。

嫁《よめ》の身《み》になってうれしい腎虚《じんきょ》なり　末初30

しかし、一方、

腎虚《じんきょ》にて死《し》んだを嫁《よめ》は苦労《くろう》がり　末初12

淫乱の女房に亭主が搾り取られて死んだと思われはしないかと、苦労がっている女房もいます。

我《が》になって女房腎虚《にょうぼじんきょ》じゃないと言《い》い　九31

むきになって「亭主の病気は腎虚じゃない」と言い張ってみたり、

よそで減《へ》りますと内儀《ないぎ》は医者《いしゃ》へ言《い》い　末初16

「私のせいではなくて、よそで腎水を減らしてくるのです」と医者に反論したりします。

とは言え、やはり腎虚の原因は女房にあることが多いでしょうから、

その薬《くすり》腎虚《じんきょ》させてが煎《せん》じてる　末三26

腎虚の薬を、腎虚させた当人が煎じることにもなります。いい女なんでしょうね。

ところで、腎虚になると、男根が硬直し続け、死んでもなおその状態を保つ場合があるのだそうです。


湯灌場《ゆかんば》の笑《わら》い腎虚《じんきょ》で死《し》んだやつ　末初12

湯灌をするときに、硬直したままの男根が目について、思わず笑ってしまったのです。

立《た》ち往生《おうじょう》は弁慶《べんけい》と腎虚《じんきょ》なり　六四28

衣川の合戦で、弁慶は立ったまま死んだと言われます。「弁慶の立ち往生」です。確かに腎虚も「立ったまま往生」ではあります。

泣《な》きながら女房《にょうぼ》へのこへ土砂《どしゃ》をかけ　末二39

この「土砂」は、真言秘伝の加持を行った土砂で、これを死者にかけると死後硬直がやわらぐといわれるものです。腎虚で死んで立ったままになっている亭主の一物へ、女房が泣きながら土砂をかけているという光景です。

2 女陰

① その特徴

「成り成りて成り余れる」物に対する女性の印象は、「男《おとこ》のは邪魔《じゃま》になろうと女《おんな》の気《き》」（末初15）ということでした。なにしろ成り余っていて、しかも劇的に変化しますから、わかりやすい物であります。一方、「成り合わざる」方は、外からよくわからず、男の目からは、何の変化もしないようにしか見えません。

気《き》が悪《わる》くなっても女嵩張《おんなかさば》らず　明八礼7

嵩《かさ》のないものは女《おんな》のおえたなり　末二32

「気が悪い」は、「情欲が起こって、淫らな気持になる」ことです。女陰は、その気になっても、男のおえたように嵩張らないというのです。

女中《じょちゅう》のは嵩張《かさば》らぬので持《も》ったもの　末初5

ここで「女中」は「女性」と同義です。先ほど、屹立した男根を隠すのに苦労する句をご紹介しましたが、女陰の方は嵩張らないから助かるよねえ、というのです。しかし、たしかに男のように嵩張りはしないけれど、気分が高まればそれなりに変化するものだという句もあります。

突《つ》っ張《ぱ》らぬかわりに女中《じょちゅう》うきになり　末二34

「うきになる」は、水などがこぼれて、ものが浮き上がるほどになることを言います。女は、男のように突っ張りはしないけれど、淫液をいっぱい漏らすというのです。

うじゃじゃけたように女《おんな》はおやすなり　末四8

「うじゃじゃける」は、熟した果物が崩れるような状態をいいます。なかなかすごい表現ではありますが、言い得て妙かもしれません。

新《あたら》しい内女房《うちにょうぼう》は沖《おき》の石《いし》　末三14

新婚の間は、女房は「沖の石」だというのですが、これは百人一首にある「我袖はしほひに見えぬおきの石の　人こそしらねかはくまもなし」（二条院讃岐）の援用で、他人は知らないが、濡れっぱなしで乾く暇がないということです。

濡《ぬ》れの幕《まく》下女《げじょ》どこやらがみかの原《はら》　一〇七42

「濡れの幕」は、お芝居のラブシーンです。それを見ている下女のある部分が「みかの原」になるというのですが、これも百人一首「みかのはらわきてながるゝ泉河《いずみがわ》　いつ見きとてかこひしかるらむ」（中納言兼輔）の援用で、「水が湧いて流れる泉河」状態になるということです。

②練れる

破礼句では「練れる」という言葉が盛んに出てきます。これは「歩行などにより、女子の局部が液分泌を来たしてぬれる」（『日国』）ことです。前項では、春情を催すと濡れるらしいと観察しましたが、足を動かす物理的な刺激でも濡れるというわけです。こういう状態になった女陰は、交合の際にまことに具合がいいということで、遠出をした女房が練れて帰ってくるのを亭主が楽しみに待っているというのが、破礼句のパターンになっています。

例えば、

くたびれて来《き》たが女房《にょうぼ》の土産《みやげ》なり　安二礼4

とろうりと練《ね》れたを女房《にょうぼ》土産《みやげ》なり　安六鶴2

といった案配で、練れた状態で帰ってくるのが亭主への何よりの土産です。ですから、女房も手を抜いてはいけません。

惜《お》しいこと片道女房《かたみちにょうぼ》船《ふね》に乗《の》り　安六桜5

近道《ちかみち》を帰《かえ》って嫁《よめ》は叱《しか》られる　一六3

船に乗ったり近道をしたりして歩数を減らしては、亭主の期待に背くことになります。江戸川柳で遠出と言えば、まず第一に「六阿弥陀詣」です。六阿弥陀詣は、春秋のお彼岸に江戸近在六ヶ所のお寺の阿弥陀様を拝んで回る有名な行事です。全部回れば約三〇キロ近い長距離ですから、これは練れるに違いありません。

六阿弥陀女《ろくあみだにょうぼ》房羽二重餅《はぶたえもち》のよう　五九24

粒《つぶ》のないように練《ね》れるは六阿弥陀《ろくあみだ》　末二30

まるで羽二重餅のようになったり、アンコを練って粒がなくなると同じような状態になったりします。

しかし、やたらと練ればいいというものでもなさそうです。

六阿弥陀《ろくあみだ》あんまり練《ね》れてたわいなし　末二29

「たわいない」は、手応えがないという意味です。湿潤すぎたのでしょうか。練れた女陰はそのままの状態で賞味しなければなりません。

練《ね》れてきて七番《しちばん》になる六阿弥陀《ろくあみだ》　末初29

六番の阿弥陀詣をすませてきた女房に対して、ただちに七番目に取りかかるのが最高です。間違っても湯屋へ行かせて、

湯《ゆ》に遣《や》って見《み》ればつまらぬ六阿弥陀《ろくあみだ》　七八38

というように、洗い流させては何にもなりません。

せっかく練れた女陰も、味わってくれる人がいなければ宝の持ち腐れです。

誰《た》がために練《ね》れるか後家《ごけ》の六阿弥陀《ろくあみだ》　六三3

六阿弥陀婆様無駄《ろくあみだばあさまむだ》に練《ね》れてくる　三一30

ごもっともと言うほかないですね。

遠出は六阿弥陀に限りません。

粟餅《あわもち》の外《ほか》に亭主《ていしゅ》へいい土産《みやげ》　末初30

矢《や》を持《も》った内儀《ないぎ》したたか練《ね》れて来《く》る　明五仁5

「粟餅」は目黒不動尊の名物、「矢」は矢口新田大明神の縁起物です。

年《とし》の市男《いちおとこ》に化《け》して練《ね》れるなり　末三25

毎年十二月十七・十八日の両日、浅草寺の境内で正月用品を売る年の市が開催されます。大変な雑踏ですので、いたずらを警戒して女房が男装をして出かけ、買い物に歩き回って、しっかり練れて帰ってきたというわけです。

奥方《おくがた》も生練《なまね》れになるうららかさ　四四12

春のうららかな日、奥方と言われるような高貴な方が、摘み草にでも出られたのでしょう。しかし、なにしろ奥方ですから、そうそう歩き回るわけではありません。それでまあ「生練れ」ぐらいだろうねと。「生」は「十分でない。中途半端な」という意味です。

八瀬《やせ》男《おとこ》毎晩《まいばん》練《ね》れたものを食《く》い　末三18

こちらは京都・八瀬の黒木売《くろきう》りの句です。黒木を行商してくる女性たちはよく練れるので、八瀬の男は毎晩これを賞味しているだろうというわけです。

また、遠出をしなくても、足を動かせば練れるはずだと考えると、破礼句作者の想像はどんどん飛躍します。

練《ね》れるのを楽《たの》しみにして笛《ふえ》を吹《ふ》き　末三7

神楽神子《かぐらみこ》の亭主がお囃子の笛を担当している、ということがよくあったようです。神子が舞を舞うと練れるので、それを楽しみにして笛を吹いているのです。

片練《かたね》れがしようと機織《はたお》りなぶられる　七四29

機を織る女性も足を使うので練れるだろうが、片方の足しか使わないので「片練れ」になろうというのです。「片練れ」とはどういう状態なのか、あまり理屈に合わないように思いますが、何となく納得してしまいそうな句です。

③ **蛸**

女陰の中には、「蛸」と言われる名器が存在すると言われます。『江戸語の辞典』には、「吸盤のように吸引力の豊かな女陰の称」とあります。つまり、ただ受け入れているだけではなくて、蛸のように吸引するのだそうです。

また蛸《たこ》に引《ひ》ったくられる兜形《かぶとがた》　末四8

「兜形」は、男根の亀頭に被せる性具です。そんな物は、簡単に引ったくっていくほどの吸引力があるのです。それほどの名器ですから、

蛸《たこ》の味万民是を賞翫し《あじばんみんこれしょうがん》　一二三別8

誰もがこれを悦んで味わいます。ただしこの句は、謡曲『高砂』の「本朝《ほんちょう》にも万民《ばんみん》これを賞翫《しょうかん》す」の文句取りになっているのが手柄です。

もっとも、下半身が名器だからと言って、器量もいいとは限りません。

惜《お》しいこと壺《つぼ》は蛸《たこ》だが面《つら》は芋《いも》　四五6

この女性は、蛸を持ちながら、惜しいことに顔が「痘瘡面《いもづら》」すなわち天然痘による「あばた」の残っている顔だというのです。「芋」という漢字が当ててあるのは、「蛸」と「芋」が縁語だからでしょう。江戸時代の百科事典『和漢三才図会』（東洋文庫）の「章魚《たこ》」の項に「鮹《たこ》は本性、芋《いも》を好み田圃《たんぼ》に入って芋を掘って食べる」とあり、蛸は陸に上がって芋を掘って食べると言われていました。また、女性の好む食べ物として「芋蛸南瓜《いもたこなんきん》」という

成句もあります。
もっとも、下半身が名器ならば、顔はまずくとも珍重されるわけで、それは天のお恵みだと肯定的に考えることもできます。

いもづらも蛸《たこ》の果報《かほう》に生《う》まれつき　末三9

原句はひらがなで「いもづら」とありますが、こちらも「痘瘡面」の漢字を当てるのがよさそうです。醜いあばた面ではあるが、生まれつきの「蛸」のおかげで、夫婦円満に過ごしているというのでしょう。
閨のお相手が商売のお妾にとっては、蛸はこの上ない商売道具です。

御妾《おめかけ》はくわえて引《ひ》くが隠《かく》し芸《げい》　末初10

川柳で「御妾」と「御」が付いているのは、身分の高い人の妾です。女陰で殿様の一物をくわえて引くというような隠し芸を駆使すれば、ご寵愛間違いありません。

ご寵《ちょう》愛《あい》足《あし》の八本《はっぽん》ないばかり　安四礼6

なにしろ、足が八本あるわけではないということを除けば、立派な「蛸」なんですから。

最後に、前項の「練れる」と組み合わせた句をご紹介しておきましょう。

足《た》ることを知《し》らず蛸《たこ》だに六阿弥陀《ろくあみだ》　一〇六19

蛸であるだけで十分に名器なのに、その上に六阿弥陀詣をして練れるとは、まったく足ることを知らない者の所業であると。「足ることを知る」は、不満を捨て、満足することを知ることで、格言などによく使われる言い回しです。なるほど。

④ 覗き見

男は、なぜか女陰を見たがります。現代でも、スカートの下を盗撮したというような事件が、毎日のように報道されますが、江戸時代にはショーツの類はありませんから、場合によってはとんでもない光景に遭遇することがあります。

洗濯《せんたく》の向《む》こうへ回《まわ》り拝《おが》むなり　末三27

現代では、洗濯機のボタンを押すだけで済む洗濯も、江戸時代には（というか昭和のつい この間まで）、盥《たらい》の前にしゃがんでごしごしと洗ったものでした。必然的に足が開いてきますので、好きな男どもが向こう側へ回って、覗き見することとなります。

また、蒲団の綿入れのときは、しゃがんで動きますので、これも危ない光景になります。

大鳥毛《おおとりげ》さん出《だ》し女房《にょうぼ》綿《わた》を入《い》れ　天五智7

出開帳《でがいちょう》しいしい下女《げじょ》は綿《わた》を入《い》れ　安七智6

「大鳥毛」は、鳥の羽根を集めて、栗のいがのように仕立てた装飾で、大名行列のときの槍の鞘に使われたりします。「さん出し」は、差し出しの変化した語です。「出開帳」は、寺院が出張してご本尊を公開することです。

その外のチャンスと言えば、昼寝のときです。

船玉《ふなだま》の開帳《かいちょう》をして下女《げじょ》は漕《こ》ぎ　四二25

「船玉」は船の守護神のことですが、女陰の意味にも使われます。下女があられもない恰好で寝ているというのですが、「船玉」「開帳」「漕ぐ」が縁語になっています。

昼寝《ひるね》した下女《げじょ》に検視《けんし》が二三人《にさんにん》　安三仁5

「検視」というのは、変死体の調査などに使われる言葉です。ぐっすり寝入っている下女の裾を、死体検視のごとくそっと捲《まく》ってみているのでしょう。

どくどくしいを乳母《うば》出《だ》して昼寝《ひるね》なり　末二9

乳母《うば》昼寝《ひるね》荒《あ》れ地《ち》へ検見《けんみ》五六人《ごろくにん》　一六七25

同じ女陰でも年増の乳母のは、「毒々しい」とか「荒れ地」と表現されるもののようです。少々気の毒な気もしますが。

いずれにしても、女陰を目にすると、男の魂は宙に飛んでしまいます。

居《い》ずまいの悪《わる》い内儀《ないぎ》で売《う》れる見世《みせ》　拾三6

買い物に行くと、立て膝なんぞでちらちらと内股が見えるという評判が立って、お店は大繁盛というわけです。

第九章　俗信と年中行事

さて、ここまでいろいろな破礼句を見てきましたが、破礼句作者の飽くなき探究心は、まだまだこんなことでは終わりません。以下、破礼句作者の広い守備範囲を堪能していただきたいと思います。

1　俗信

江戸時代には、さまざまな俗信、世間の言いならわしがあったようで、それを詠んだ句がたくさんあります。現代では忘れられてしまった俗信も多いのですが、しばらく江戸人になりきって、可笑しがっていただきたいと思います。

① 縮れ髪

宝《たから》の持《も》ち腐《ぐさ》り後《ご》家《け》の縮《ちぢ》れ髪《がみ》　三八36乙

後家の髪が縮れ髪なのは、宝の持ち腐れだというのです。なぜなら、縮れ髪の女性はアソコの具合がよいとされていたからです。『色道禁秘抄《しきどうきんびしょう》』に「ちゞれ髪《かみ》の女も妙陰《めうゐん》なりと天下一統《いっとう》いひ習《ならわ》すも、血《ち》多きより髪ちゞめば、必《かならず》陰戸《おめこ》も佳《か》ならん」とあります。そういう貴重な女性が、後家を立て通して男と接しないのは、まさに宝の持ち腐れ、社会の損失だというのです。

頭《あたま》から惚《ほ》れられるのは縮《ちぢ》れ髪《がみ》　四四25

普通は顔に惚れられたり、スタイルに惚れられたりするものですが、縮れ髪の場合は頭を見て惚れられます。

縮《ちぢ》れ髪《がみ》十分床《じゅうぶんとこ》を味噌《みそ》でいる　末三37

縮れ髪の女性が、寝床で男を悦ばせる能力があるのを「味噌」（自慢）にしているというのです。縮れ髪は髪の質としては良くないのですが、下半身の性能がそれを補って余りあるわけです。

② 鼻と男根

馬《うま》の鼻《はな》もちっと大《おお》きそうなもの　安八礼11

鼻の大きさと男根の大きさは比例すると言われます。もしそれが本当なら、巨根の持ち主である馬の鼻は、もうちょっと大きそうなものだが……というのです。

鼻《はな》は小《ちい》さいがと新造《しんぞう》泣《な》いて下《お》り　六一34

新造は吉原の若い遊女です。もの凄い巨根の客の相手をさせられて、「鼻は小さいのだけど……」と泣きながら二階から下りてくるのです。

③ 淋病の原因

淋病《りんびょう》のわけは亭主《ていしゅ》が戸《と》を叩《たた》き　安七義3

性行為を途中で止めると「淋病」になるという俗信がありました。この句の場合は、亭主が戸を叩いたのが淋病になった理由《わけ》だというのです。つまり、間男が他人の女房とコトに及んでいるときに、突然亭主が帰ってきて戸を叩いたので、行為半ばで中断して逃げていったのです。

淋病《りんびょう》は首《くび》を拾《ひろ》った代《か》わりなり 明三仁4

これも間男の句です。不義密通の現場を押さえられると「重ねておいて四つに斬られ」るかもしれないわけですから、見付かったらとにかく逃げるしかありません。「首を拾う」(命が助かる)代わりに淋病になるくらいはやむをえないところです。

④淋病の治療

淋病《りんびょう》と号《ごう》して馬《うま》に乗《の》りたがり 五九23

ところで、その淋病を治すには、生理中の女性と交わるとよいという俗信がありました。もっとも、さすがにこんな俗信を本気で信じていたかどうか、少々疑問の節もあります。この句も、淋病と「号して」(表向きそのように称して)、「馬」(生理中)の女性に乗りたがっているというのですから、どうも理屈を付けて交わりたいだけのようにも思えます。

淋病《りんびよう》の薬《くすり》 女房《にようぼう》は不得心《ふとくしん》　安五仁5

その辺を薄々感づいている女房は、「お前さん、淋病の薬とか言うけど、本当はしたいだけじゃないの」と不得心の様子です。

この俗信には付帯条件があり、射精しては効果がないとされていました。

もし腰《こし》を使《つか》えば薬《くすり》毒《どく》となり　末二11

もし腰《こし》を使《つか》う時《とき》んば平癒《へいゆ》せず　五五19

治療だから漬けておくだけというのは、理屈に合っている気がしないでもありませんが、それじゃつまらないですね。

⑤脚気の薬

弟子《でし》になりゃ脚気《かつけ》の薬《くすり》なんどとて　宝一〇宮2

小僧と男色をするのは、脚気の薬になるといわれたそうです。ですから、お寺に入って弟子になると、和尚さんが「脚気の薬になるから」と迫ってくるというのです。前項の

「淋病と生理中の女性」以上に不思議な俗信ですが、『二十四孝』に出てくる、郭巨《かっきょ》という人が黄金のお釜を掘り出す物語を踏まえて、「郭巨の釜掘り」→「脚気の釜掘り」と洒落たものとの説があります。そんなところかもしれませんね。

脚気《かっけ》の薬《くすり》にと玄恵《げんえ》追《お》い回《まわ》し　末四24

「玄恵《げんえ》」は天台宗の学僧で、『太平記』（巻第一　無礼講の事）に出てくる無礼講（実際は倒幕の密議）に招かれて、中国の古典の講釈をさせられた人です。なにしろ「無礼講」ですから、参加者全員くつろいだ恰好になり、透き通る着物を着た女性を侍らせた大宴会で、インテリ坊主の玄恵は、さぞかし男色の対象として追い回されただろうというのが、この破礼句作者の推測です。

⑥ 頰赤

頰赤《ほおあか》を匂《にお》い袋《ぶくろ》で防《ふせ》ぐなり　末三15

頰が赤いのが恥ずかしいのなら化粧でごまかせばいいのに、それを「匂い袋で防ぐ」とはどういうこと？　と思いますが、これは「頰の赤い女性は性器が臭い」という俗信を詠んだもので、匂い袋を身につけて悪臭を防ぐというわけです。

悪推《わるずい》で頰《ほお》の赤《あか》いは売《う》れ残《のこ》り　籠三2

「悪推」は、悪い方に気を回すことで、頰の赤い女性を見た男性たちが「きっと臭いに違いない」と思って敬遠したために売れ残ったということ。吉原の遊女の句でしょうか。

⑦ 赤子の痣

恥《は》ずかしさ尻《しり》っぺた中《じゅう》痣《あざ》だらけ　二四33

ここで「痣」は、赤ん坊のお尻にある青い痣（蒙古斑）のことです。妊娠中に交合すると、この痣が生じるといわれていましたので、赤ん坊のお尻にたくさんの痣があると、妊娠中に何度もしただろうと推測されて、恥ずかしい思いをするというのです。蒙古斑は多くの赤ん坊に見られる現象で、医学的には荒唐無稽な話ですが、赤ん坊の尻を男根で突いた跡というのは、妙に説得力があって可笑しいですね。

痣《あざ》のある子《こ》の母親《ははおや》の美《うつく》しさ　六18

やみくもにやれば赤子《あかご》の尻《しり》に痣《あざ》　一一九21

美しい女房に我慢できず、やみくもに取りかかった証拠というわけです。

⑧ 灸の効果

熱《あつ》い目《め》をしたのもしたで無駄《むだ》になり　末三22

お灸をした後に交合をすると、お灸の効能がなくなるといわれていました。句の意味は、「熱い目をした」お灸なのに、その後に「した」ために無駄になってしまったというのです。「した」「した」と繰り返したところが面白い句作です。

灸《きゆう》よりも後七《ごしち》が堪《こら》えにくいなり　五六39

お灸の禁忌は「前三後七《ぜんさんごしち》」といって、お灸の前三日、後七日、合計十日間です。この句の作者は、お灸の熱いのも大変だが、それよりも後七日の間、交合できないのが我慢しにくいというのです。

そうは言っても、大概の人はお灸の効果を考えて我慢するのですが、意に反してしなければならない境遇の人もいます。

利《き》きますまいぞえと笑《わら》う聟《むこ》の灸《きゅう》　末四30

前述（第八章）の通り、入り聟は女房の要求があれば必ずこれに応えねばなりませんから、「お灸をしたばかりだから」などと言って許してもらえるわけもないのです。そういう事情をみんな知っていますから、聟がお灸を据えるのを見て「そりゃ、利かないだろうよ」と笑っているのです。

⑨お歯黒の呪い

こうかえとお歯黒壺《はぐろつぼ》へぶらり出《だ》し　四六4

褌《ふんどし》をしない男にお歯黒の液を入れる壺を跨いでもらうと、艶《つや》が良く出るとされていました。この句は、跨ぐように頼まれた男が「こうやればいいのかい」などと言いながら、男根をぶらぶらさせて跨いでいる光景です。これも不思議な俗信ですが、お歯黒液には艶出しのために古釘など鉄片を入れますので、男性のキンも役に立つということでしょうか。

また、現物でなくて絵に書いた男根でもよかったようで、こんな句もあります。

鉄漿《かね》へ貼《は》ったのは女筆《にょひつ》のへのこなり　傍二32

どうやら、お歯黒を付ける女性が自分で絵を描いて貼ったようです。

まじないのへのこが利《き》いて歯《は》が染《そ》まり　末三30

現物にしろ絵にしろ、本来の機能の他にそういうお役に立つこともあったわけですね。

⑩ 突き目

目《め》へ乳《ちち》をもらった人《ひと》と不義《ふぎ》が出来《でき》　傍三35

突き目（目に異物が刺さること）をしたときには、母乳を垂らすと治ると言われていました。この句の男は、目の前に差し出された豊満な乳房についムラムラとして、男と女の関係になってしまったというのです。母乳が出るからには子供がいるわけで、すなわち人妻ですから「不義」となります。乳房を突き付けられてその気になるのは、男として至極もっともな感じがするのですが、乳房に興奮するのは、江戸川柳では珍しい句です。

惚《ほ》れていた突《つ》き目《め》へ乳《ちち》の走《はし》り過《す》ぎ　拾二9

こちらは、乳を出す方が相手の男に惚れていた場合で、興奮して乳が出過ぎたようです。昔の恋人とか、近所の好いたらしい男とか、想像はいろいろできます。

突《つ》きもせぬ目《め》に貰《もら》い乳《ぢ》の膝枕《ひざまくら》　宝一一松2

これはなかなかの作戦ですが、現代では通用しそうにありません。

2 年中行事

江戸川柳を読んでいると、江戸時代には、さまざまな年中行事が忠実に行われていたようです。そういう日常生活の中にも、破礼句作家の目は光ります。

① 庚申

今日《きょう》は庚申《こうしん》だと姑《しゅうと》いらぬ世話《せわ》　末四8

現在のカレンダーには見かけなくなりましたが、昔の暦には、十干《じっかん》と十二支《じゅうにし》を組み合わせた「えと」が毎日表記されていました。その中で庚申《こうしん》（かのえさる）の日に身籠もった子は盗人になるといわれていましたので、この夜は房事を慎まなくてはなりません。そこで、何事によらず若夫婦の生活に口出ししたい姑が「今日は庚申だからね。そのつもりで慎みなさいよ」と、余計な忠告をするというのです。

もっとも、庚申の日は六十日に一度、一年に六日回ってくるだけですから、気が付かないこともあるでしょう。

昨夜《ゆうべ》庚申《こうしん》かえと嫁《よめ》ひょんな顔《かお》　安六宮2

と、うっかり「してしまった」らしい嫁もいるので、まんざら「いらぬ世話」ではないかもしれません。

しかし、そんなことが姑にばれようものなら大変です。

盗人《ぬすっと》の子《こ》もできようと姑《しゅうと》言《い》い　末二1

当分の間嫌みを言われ続けることになります。

もちろん、そんなことでひるむ夫婦ばかりではありません。盗人ができたらそれも仕方がないと取りかかる夫婦もあります。

泥棒《どろぼう》ができたらままとおっ始《ぱじ》め　安元義8

ところで、そうなれば、歴史上有名な盗人は、親が庚申の夜に我慢しなかったせいだという推測が成り立ちます。

五右衛門《ごえもん》が親庚申《おやこうしん》の夜《よ》を忘《わす》れ　七六23
熊坂《くまさか》をはらんだ晩《ばん》は庚申《かのえさる》　明二義6

「五右衛門」は釜茹での石川五右衛門、「熊坂」はこれも大盗賊の「熊坂長範《くまさかちょうはん》」です。

②　姫始め

宝船皺《たからぶねしわ》になるほど女房《にょうぼ》漕《こ》ぎ　末二22

正月二日は「姫始め」の日とされていました。これが何を意味するのか諸説あるようですが、破礼句作家にとってはもちろん「その年初めて夫婦、男女が交合する日」(『日国』)です。二日の夜は、いい初夢を見るために「宝船の絵」を枕の下に敷いて寝る習慣になっていましたから、この二つを結び付けると、主題句のようになります。女房の喜悦運動すさまじく、宝船の絵はしわくちゃになるのです。「宝船」と「漕ぐ」が縁語です。

宝船艪《たからぶねろ》を押《お》すような音《おと》をさせ　宝一〇桜4

同じ縁語でも、こちらは「宝船」と「艪」です。箱枕が艪を押すように忙しくギチコギチコと鳴るのです。

忘《わす》れても死《し》ぬと言《い》うなと姫始《ひめはじ》め　別下31

そうなれば、当然「死ぬ、死ぬ」と喜悦の声を発することになりますが、そこは正月のめでたい行事ですから、決してそんな言葉は口にするなと言って取りかかるというのです。

やかましやするにしておけ姫始《ひめはじ》め　四五20

最初に述べたように、「姫始め」は何をする日かはっきりしていないようで、『日国』には、「①編糅飯《ひめいい》を食べはじめる日。②馬に乗りはじめる日。③裁縫など婦女の業をはじめる日。④その年初めて夫婦、男女が交合する日」とあります。しかし、そんなことごちゃごちゃいうなよ、「する」ことにしておけよ、というのがこの句の作者の言い分です。賛成！

③ 出替わり

涙雨《なみだあめ》あさつき臭《くさ》い口《くち》を吸《す》う　末三18

第三章でご説明した通り、三月四日は「出替わり」で、下男・下女など奉公人の雇用契約終了の日です。

この出替わりの日には、お互いに別れを惜しんで「涙雨」が降るものとされました。

また、「あさつき」（浅葱）は、別名センボンネギ・センボンワケギと言われる、臭気のあるネギ属の植物ですが、雛人形をしまう前に、浅葱膾《あさつきなます》（茹でた浅葱とアサリの剝き身の酢味噌和え）を供える習慣がありました。

この句は、こういうことを踏まえて、涙雨の降る中、出替わりで去る下女と最後の口づけをすると、その口が浅葱臭いというのです。奉公先の亭主が手を付けていたか、奉公人同士でできていたのか、とにかく季節感のある面白い句だと思います。

白酒《しろざけ》に酔《よ》ってて下女《げじょ》はさせ納《おさ》め　末二34

し納《おさ》めに雛長持《ひなながもち》へおっ掛《か》ける　末二22

こちらは、三日の雛祭りの白酒に酔った下女が、翌日の出替わりを前に、雛を入れる長持に寄りかかったりして、最後の交歓をしているのです。

④ 大山参り

屋形《やかた》を見《み》まいおえるぞさんげさんげ　末四31

六月二十八日に山開きされる、相州大山石尊参りに出かけるときは、両国橋の袂で隅田川の水に浸かり、「さんげさんげ」とお祈りの文句を唱えながら千垢離《せんごり》をとって、精進潔斎する習慣になっていました。もちろん、宗教上の大事な儀式ですが、素裸で行いますから、破礼句作家の恰好の材料になります。この季節には、川涼みの大きな屋形船が隅田川を往来します。屋形船の上では、きれいどころが三味線を弾き、踊りを踊っていますから、そんなものを見ようものなら、男根が勃起して始末に負えなくなる。「見ないようにしよう。見てはいけないぞ」と我慢しているというのです。

大山に到着しますと、さらに麓の大滝に打たれて過去の罪過を懺悔しなければなりません。罪障のある身で登ると天狗に引き裂かれるといわれていましたから、洗いざらい何でも懺悔することになります。

さんげさんげ養母《ようぼ》を一度《いちど》つかまつり　天八麗2

養母と一度関係しましたということまで懺悔した上で、

固《かた》いきんたまで石尊拝《せきそんおが》むなり　安八松4

と、夏とはいえ、冷たい滝に長時間打たれて縮み上がった金玉で、石尊を拝むことになります。なお、女性が登れるのは途中の不動尊までで、そこから上は男性しか登れません。そこでこんな句も。

金玉《きんたま》とさねの間《あいだ》に不動尊《ふどうそん》　末初6

「さね」は女性の陰核をいう江戸語です。

⑤玄猪

牡丹餅《ぼたもち》を食《く》い毛雪駄《けせった》を突《つ》っかける　末三15

牡丹餅を食べながら毛雪駄（表に毛皮を張った雪駄）を履く、ということしか表現してありませんが、いったいどういうことでしょう。
十月の最初の亥《い》の日、将軍家では「玄猪《げんちょ》」という祝いの儀式が執り行われますが、民間でも亥子餅《いのこもち》を食べてお祝いし、同時にこの日から炬燵《こたつ》を開く習慣がありました。炬燵は、ふとんで隠れているのをいいことに、男が女にちょっかいを出す絶好の場所です。というわけで、この句は、牡丹餅すなわち亥子餅を食べながら、開いたばかりの炬燵にあたって、向かいに座った女性の毛の生えた女陰に足で触るのを詠んだ句です。

炬燵《こたつ》にて毛雪駄《けせった》をはく面白《おもしろ》さ　二4

も、全く同じ状況です。

ぼたもちを食《く》い食《く》い足《あし》でつめるなり　安六仁5

女性の身体をつめる〈つねる〉のは愛情の表現です。ここは足でつめったというのです。
しかし、常にうまくいくとは限りません。

毛違《けちが》いで炬燵《こたつ》の猫《ねこ》に引《ひ》っかかれ　一〇三25

という場合は、痛い思いをするだけで済みますが、

図6「炬燵の戯れ」『女大楽宝開』

狼藉者《ろうぜきもの》がいるからと炬燵出《こたつで》る　安六義6

娘に指弾されて逃げられては、今後が心配ですし、

炬燵《こたつ》ではえてお袋《ふくろ》をつめるもの　明四智6

えてして娘と間違えてお袋に触るようなことをしでかしがちですが、そんなことになれば、

母《はは》の手《て》を握《にぎ》って炬燵《こたつ》しまわれる　初23

と、面目ない事態に発展してしまいます。気を付けましょう。

⑥煤掃き

くじったで十四日《じゅうよっか》までやかましい　安六義6

江戸では、十二月十三日に煤払い（大掃除）が行われましたが、作業が終わると、家中の者を胴上げして祝う習慣があったそうです。男を胴上げするのはいいのですが、腰巻きの下に何もない女性の場合は、あられもないことになりかねません。現代ならセクハラ間違いなしの行動が、主に下女を標的にして行われます。

十三日《じゅうさにち》見《み》っこなしよと下女《げじょ》突《つ》かれ　安四鶴5

胴上げすることを「胴に突く」と言います。下女は、胴上げされながら「見ちゃ駄目よ」と必死に抵抗するのですが、

ひん捲《まく》れなどと番頭声《ばんとうこえ》をかけ　一〇25

従業員を監督する立場にある番頭自らが「ひん捲れ」などと号令をかける始末ですから、結局は、

下女《げじょ》が前祝《まえいわ》った上《うえ》にまくって見《み》　明四智5

などとあられもないことになって、

十三日《じゅうさんにち》下女《げじょ》内股《うちまた》を出《だ》して逃《に》げ　明五鶴3

気の毒な結果になります。

さらに、まくるだけならまだしも、最初の句の場合はもっとエスカレートして、「くじった」というのです。「くじる」は、指で女性器をいじることです。ここまでくると、翌十四日になっても、下女がぶつぶつ言ったり、男どもがからかったりして、何かと喧しい事態が続くのも当然でしょう。

⑦　年の市

買《か》い物《もの》は裏白《うらじろ》根松《ねまつ》へのこなり　天五礼4

毎年、年末になると、あちこちで正月用品を売る「年の市」が開かれました。そこでの買い物は、裏白・根松・へのこだというのです。正月飾りに使う裏白や、門松用の根松

（根の付いた松）はわかりますが、「へのこ」は何でしょう。これは、金精神《こんせいじん》といって、男根を模した張りぼての縁起物です。年の市で買ってきて神棚に祀ったようです。

間《ま》に合《あ》わぬへのこが二日売《ふつかう》れるなり　天五宝3

川柳で「年の市」といえば、十二月十七日・十八日の二日間、浅草寺境内で開かれる市を指し、「市二日」といいます。なにしろ張りぼてですから、本来の役に立たないへのこが、二日間にわたって売れるというのです。

正月用品とともに買って家に帰ると、ものがものですから、ちょっとした騒ぎが起こります。

市《いち》みやげ娘《むすめ》もらって放《ほお》り出《だ》し　五四4

まだ初心な娘に渡すと、「きゃっ」とばかりに放り出します。

これはさと箕《み》から投《な》げると嫁《よめ》は逃《に》げ　一〇31

正月飾りに使う箕から、いたずら半分に嫁に投げてやると、こちらも恥ずかしがって逃げていきます。

しかし、この手のからかいには慣れている下女は落ち着いたもので、

市《いち》みやげおめえの程《ほど》と下《げ》女《じょ》ぬかし　四三6

からかった男に「おめえのものもこんな程度かえ」などとやり返したりします。

第十章　楽しい小道具

では最後に、性生活を彩る楽しい小道具類をご紹介しましょう。

1 長命丸

性に関する薬にはさまざまな種類がありますが、ここでは最も有名な「長命丸《ちょうめいがん》」の句に絞って、ご紹介することにします。

【四ツ目屋】

「長命丸」は、両国薬研堀《やげんぼり》の「四ツ目屋」が発売していた女性を悦ばせる薬です。

女房《にょうぼ》悦《よろこ》べ両国《りょうごく》で買《か》って来《き》た　五九7

亭主が、女房のために両国で長命丸を買ってきたというのですが、「女房悦べ」は歌舞伎『菅原伝授手習鑑』（寺子屋）の松王丸のせりふ「女房悦べ、倅《せがれ》はお役にたったぞ」の文句取りです。

四ツ目屋は、その屋号の通り「四目結紋」という紋を使っていましたが、この紋は佐々木氏の家紋として有名です。

いけずきな後家《ごけ》を佐々木《ささき》で嘶《いなな》かせ　一二12
両国《りょうごく》の佐々木《ささき》大音《だいおん》上《あ》げさせる　天二義4

第一句の「いけずきな」は、ひどく好色なことです。色事が大好きな後家さんに、佐々木の薬を使って嬌声を上げさせるというのです。ただし、「いけずき」は、宇治川の先陣争いで佐々木四郎高綱が乗った名馬「いけずき」の利かせ、「嘶く」は、その縁語です。

第二句も、佐々木の薬が女性に大きな嬌声を上げさせるという意味ですが、これも「大音上げる」が、同じく宇治川の合戦で「佐々木、あぶみふンばり立ちあがり、大音声をあげて名のりけるは……」（『平家物語』巻第九　宇治川先陣　岩波書店）を踏まえたものです。

【能書】

さて、その四ツ目屋の主力商品である「長命丸」は、どうやって使い、どんな効果があったのでしょうか。当時の能書が、『弓削道鏡艶道教諭』という艶本に掲載されているそうですが、それを読みやすくして『川柳四目屋攷』（未知庵主人著　近世風俗研究会）に翻刻してありますので、一部を抜粋して引用させていただきます。

此薬用ひやう、犯さんと思ふ一時《いつとき》前に、唾《つわ》にて解き、頭《かしら》より元までよく塗るべし、其時ひり〳〵とすべし、驚くべからず、交《まじは》る前に玉茎《たまぐき》暖かになり申候、其時に湯か茶か又は小便にて洗ひ落とし、女に交るべし、此薬用て妙は、玉茎暖かにして太さ常に優《まさ》り、勢《せい》強くして淫精泄《も》るゝ事なく、心まかせなるべし、玉茎玉門の内へ入《いれ》、少し間《あひ》を置き、そろ〳〵と腰を使へば、玉門すぼくして、いかほど慎む女又は遊女にても、覚へず息荒く声を上げ腎水流れ、悦ぶ事限りなくて、男を思ふ事年寄るまで忘る事なし、（略）若し、男気を遣らんと思ふ時、湯か水か唾にても呑むべし、その泄るゝ事妙也。

だいたいおわかりでしょうが、ざっとご説明します。
交合する一時（二時間）前に、唾で溶いて男根の頭から元までよく塗る。そのとき、ひりひりするが、驚いてはいけない。交合する前には、男根が暖かくなるから、湯などで洗い落としてから交わる。男根は暖かくなって、ふだんより太くなり、勢いも強くなって、射精することなく自由自在に長持ちする。挿入してしばらくしてから腰を使うと、女陰は狭まって、どんなに慎み深い女・遊女でも、思わず息が荒くなり声を上げ淫液を流して、悦ぶこと限りがなく、男のことを年寄るまで忘れない。終了しようと思うときは、湯か水か唾を飲むと、直ぐに射精する。

まことに夢のような薬です。江戸の人もそう思ったようで、

能書《のうがき》の通《とお》りじゃ四《よ》ッ目安《めやす》いもの　二二18

本当に能書通りの効能があるなら安いものだ、というのです。一包み三十二文とか六十四文とかいう値段だったようですから、たしかにそう高いものではありません。

しかし、この句の作者は「もし能書の通りなら安い」と言っているわけで、どうも半信半疑のようでもあります。そんな人には、四ツ目屋のセールストークが威力を発揮します。

ごうてきに悦《よろ》びますと四《よ》ッ目言《めい》い　天六竹2

よいが上《うえ》にもよいように四《よ》ッ目言《めい》い　末四16

「ごうてき」(強敵)は、「非常に。ひどく」という意味です。

これだけ勧めてもまだ疑い深そうにしている客がいたら、

我《わ》が付《つ》けてしたように四《よ》ツ目屋《めや》は言《い》い　天元仁4

四《よ》ツ目屋《めや》の女房《にょうぼ》わっちが受《う》け合《あ》いさ　末二29

四ツ目屋の主人が「私も付けてしてみましたが、結構な具合でございました」などと言うと、すかさず女房が「あい、あたしが保証しますよ」などと言うのです。

【買い物客】

たしかに効能があるとなれば、男たる者買わずにはいられませんが、さて、実際に買おうとなるとなかなか買いにくいものです。

買《か》いにくさ四《よ》度通《たびとお》ってやっと買《か》い　天五礼3

店に入ろうとすると、人が通りかかったりして、四度も入り損なったのです。「四度」は「四ツ目」の暗示です。

頼《たの》まれたなどと四《よ》ツ目屋買《めやか》っている　八二34

景物《けいぶつ》にすると四《よ》ツ目《め》を買《か》っている　二七2

店に入っても、ストレートに店員に言いにくいので、「友だちに頼まれたんだが……」とか、「景品に使いたいので……」などと言い訳を言いながら買います。

その点、無神経なのは、田舎から出てきた勤番侍すなわち「浅黄裏」です。

交合《こうごう》の節《せつ》の薬《くすり》と浅黄《あさぎ》買《か》い　末四8

四《よ》ツ目《め》屋《や》で入《い》りわけを聞《き》く浅黄裏《あさぎうら》　明五義5

「交合の節に使用いたす薬を所望じゃ」などと、臆面もなく堂々と注文したり、細かな使用方法を聞いたりします。

【効果絶大】

さて、苦労して買ってきた長命丸、能書通りに唾で溶いて使ってみればなるほど、女性の悦ぶこと絶大です。

泣《な》かそうと亭主《ていしゆ》唾《つばき》で溶《と》いている　明五鶴3

四《よ》ツ目《め》屋《や》の効能《こうのう》おめき叫《さけ》ぶなり　末初19

また、能書によれば、「玉茎暖かにして太さ常に優り、勢強く」なるのですから、往時の勢いを失った玉茎の回復にも効果がありそうです。

提灯《ちょうちん》へ四《よ》ッ目《め》をつけてとぼすなり　五三20

「提灯」は、前述の通り、老人の元気のない一物のこと、「とぼす」は交合することです。つまり、老人が長命丸を付けて頑張っている様子を詠んだ句です。本当にこんな効果があるのなら、バイアグラも真っ青なのですが……。

さて、次の句はおわかりでしょうか。

もう水《みず》を飲《の》みなと女房《にょうぼ》堪能《たんのう》し　明三智4

死《し》にますの声《こえ》に末期《まつご》の水《みず》を飲《の》み　末初10

先ほどご紹介した長命丸の能書に「若し、男気を遣らんと思ふ時、湯か水か唾にても呑むべし、その泄るゝ事妙也」とあります。ですから、第一句は、女房が「私はもう十分に堪能したから、お前さん、水を飲んで終わりにしておくれ」と言っているのです。第二句は、女房が「死にます、死にます」と絶頂の声を上げたので、水を飲んでお終いにしたというのです。もちろん、「死にます」と「末期の水」で、臨終の句のように見せかけたのが手柄という句です。どちらも、夫婦円満、めでたしめでたしの結果であります。

2 性具

性生活に使う小道具にもいろいろなものがあります。中でも、川柳で圧倒的に人気のあるのは「張形」ですが、これは長局の項でご説明しましたので、ここではそれ以外の性具の句をご紹介することにします。

① 肥後ずいき

肥後ずいきは、肥後国（熊本県）産の蓮芋《はすいも》の茎を干したもので、男根に巻きつけて用いると、女性が悦ぶとされる性具です。

【肥後国の産】

蓮芋のできるのは肥後国に限りませんが、「肥後ずいき」というからには、やはり「肥後国」が本場です。

太《ふと》くするものを細川御献上《ほそかわごけんじょう》　一五三21

ふくべよりずいきの方《ほう》が名《な》が高《たか》し　天二桜3

よがるはずこれは九州《きゆうしゆう》肥後国《ひごのくに》　末二25

第一句は、男根を太くするものを肥後国細川侯が献上されたというのです。もちろん性具としてではなく、食材としてずいきが将軍家に献上されていたようです。第二句、「ふくべ」（瓢箪）も肥後国の名産品です。第三句は、女性がよがるのは当然で、これは肥後ずいきだから、というのですが、謡曲『高砂』の「そも〳〵これは九州肥後《ひご》の国。阿蘇《あそ》の宮の神主友成《かんぬしともなり》とはわが事なり」の文句取りです。

【使用法】

紐状のずいきを男根に巻きつけて使用するのですが、巻き方にはコツがあるようで、『女大楽宝開《おんなだいらくたからべき》』という本には、「巻きやうは、刀のつかの如し」とあります。となれば、本職の柄巻師は手慣れたものですから、

ずいきをも乙《おつ》りきに巻《ま》く柄巻師《つかまきし》　末四26

ずいきもちょいと小洒落て巻くというのです。しかし、素人はなかなかそうはいきません。

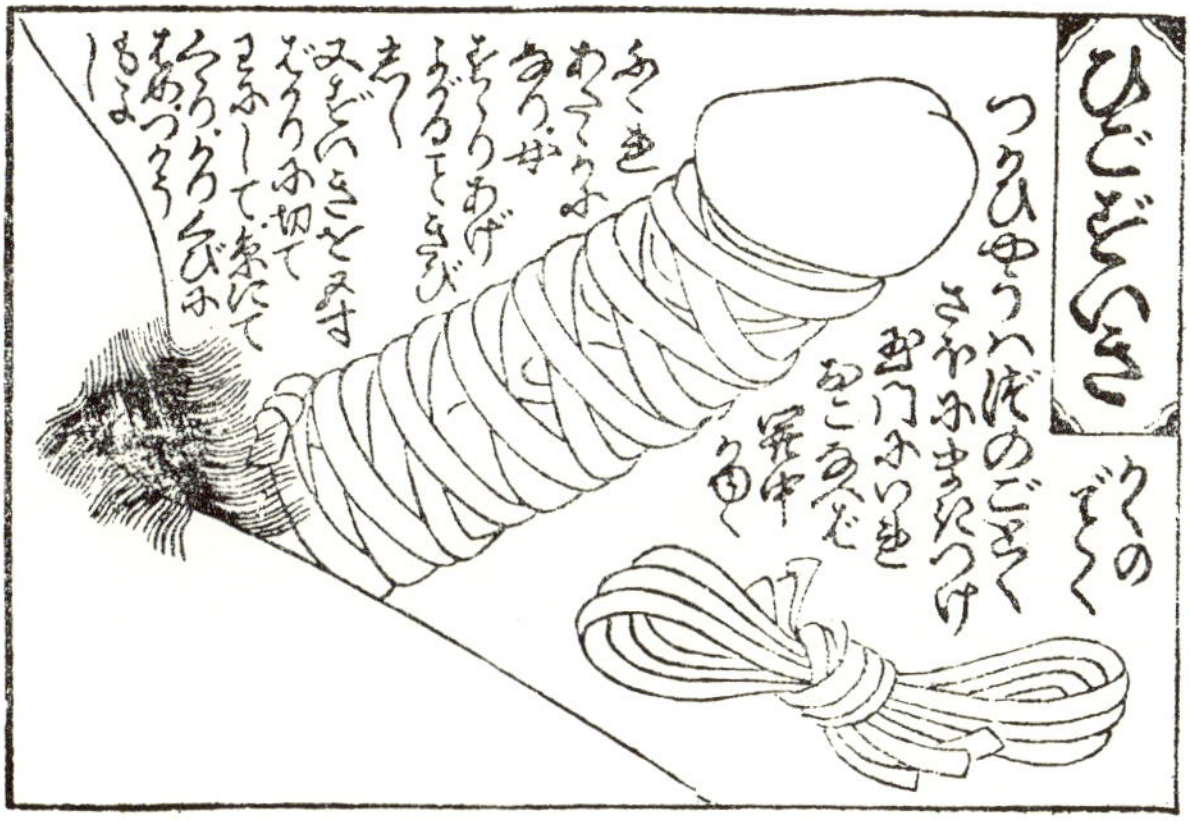

図7「肥後ずいき」『艶道日夜女宝記』

悴《せがれ》めは芋《いも》の殻《から》にて首《くび》くくり　八九20

巻《ま》きつけて留《と》めようのない肥後《ひご》ずいき　天四礼4

とにかく、悴（男根）をぐるぐる巻きにして、亀頭だけが首くくりのように頭を出している所までやってみたものの、最後はどう留めていいかわからなくなったりします。

しかし、しっかり巻いておかないと、女性の体内ですっぽ抜けて、

たぐり出《だ》す抜《ぬ》けたずいきのばからしさ　明七義5

という体たらくにならないとも限りません。やはり練習が必要ですね。

【効用】

肥後ずいきの効用の第一は、前出「太くするものを細川御献上」（一五三21）とあるように、男根を太くすることです。

居風呂《すえふろ》のまえはだにする肥後《ひご》ずいき　一六七2

「まえはだ」は「槙皮《まきはだ》」に同じで「槙の木の皮を柔らかくしてゆるい縄状にしたもの。船体・水槽などの水漏れを防ぐため、板の合わせ目や継ぎ目に詰め込む充塡剤《じゆうてんざい》」（『日国』）というものです。そうしますと、風呂桶が漏るので、肥後ずいきを槙皮の代わりに充塡剤として使って、水漏れを防いだということのように読めますが、そうではありません。第四章でご紹介した「居風呂桶で牛蒡を洗う」という俗諺を踏まえて、小さな男根の持ち主が肥後ずいきで太くして、広陰の女性に挑んでいる様子です。「充塡剤」というのがいかにも可笑しいですね。

「広陰」となれば、巨根の弓削道鏡を寵愛された孝謙天皇です。

女帝《じょてい》さま御留場《おとめば》肥後《ひご》の芋畑《いもばたけ》　一三八16

「御留場」は、「一般の狩猟を禁止する場所。禁猟区」（『日国』）のことですが、ここでは

「専用の農場」というほどの意味でしょう。常にずいきを必要とされるので、肥後国には専用農場が確保されていただろうというわけです。

肥後ずいきの第二の効用は、女性に快感を与えることです。ずいきに含まれる「サポニン」という成分が、むずむずした刺激を与えるのだそうです。

肥後《ひご》ずいきむしょうにえごくよがらせる　末三15

「えごい」は「えぐい」に同じで、「あくが強くてのどをいらいらと刺激するような味や感じがしている。いがらっぽい」（『日国』）という意味です。具体的にどういう感じなのかわかりませんが、とにかく無性によがらせるものだそうです。

その奇特《きどく》女房《にょうぼ》ずいきの涙《なみだ》なり　八六13

「奇特」は、神仏などの不思議な力のことです。「ずいき」は「随喜」と「芋茎《ずいき》」が二重写しになっていて、奇特とも言うべき芋茎の効用に、女房が随喜の涙（ありがた涙）を流して悦ぶというのです。「奇特」と「随喜」という仏語で表現した技巧もミソです。

さなきだに肥後《ひご》を用《もち》いて持《も》てあまし　四〇37

「さなきだに」は「そうでなくても」の意。そうでなくても好色で敏感な女性に、肥後ずいきを用いて交合に及んだものだから、大よがりによがられて持て余したというのです。あまりに大きな嬌声を絶え間なく発するので困った、というようなことかもしれません。

② りんの玉

りんの玉は、二個一対の金属製の玉で、交合時に女性の体内に入れる女悦用の道具です。中空になっていて、振動すると妙なる音が出るのだそうです。

彼《か》のかいていの奥《おく》に入《い》るりんの玉《たま》　一六六3

りんの玉が女体の奥深く入っているというだけの句ですが、「彼のかいてい」が、謡曲『海士』の「一つの利剣《りけん》抜きもって。かの海底《かいてい》に飛び入《い》れば」の文句取りになっていて、かつ「かいてい」が「海底」のほかに「開底」(「開」は女陰)にも通じるという技巧をちりばめたところが、鑑賞のしどころです。

このりんの玉を入れて交合をすると、どんな感じなのでしょうか。

りんの玉芋《たまいも》を洗《あら》うがごとくなり　末初7

里芋などを洗うときは、桶に芋と水を入れて棒で搔き回します。ちょうどそんな具合だというのです。なるほど、何となくわかる気がしますが、しかしそれで何か快感が得られるのでしょうか。

りんの玉《たま》どっちの為《ため》か知《し》れぬなり　三五9

この句の作者も、その点に少々疑問を持っていて、「りんの玉って、男と女のどっちの為になるんだい？」というのです。一般的には女悦の道具といわれていますが、

りんの玉《たま》女《にょう》房《ぼ》急《きゅう》には承《しょう》知《ち》せず　末二19

「そんなにいいものなのかい。何だか気味が悪いやね」などと承知しないことがあるのも、肥後ずいきほど効用がはっきりしていなかったからでしょう。

さて、そんな金属製の小さな玉を開底奥深く入れて、ちゃんと取り出せるものでしょうか。この点、販売元の責任として、小間物屋が取り出し方を伝授したようです。

小間物屋《こまものや》尻《しり》を叩《たた》けと伝授《でんじゅ》する　安九仁4

つまり、女性の尻を叩けば出てくるというのです。にわかに信じがたい気もしますが、

そういう句がいくつかありますから、本当かもしれません。

尻《しり》を叩《たた》くとちりりんと転《ころ》げ出《で》る　安四亀3

名玉《めいぎょく》は尻《しり》を叩《たた》くと転《ころ》げ出《で》る　末初30

3 春画

「春画」は「男女の情交の様子を描いた絵」(『日国』)で、枕絵、枕草紙、笑い絵、などとも呼ばれます。中には美術的な価値のある作品もあるようですが、やはり春情を催させるのが、第一番の目的でしょう。

一二枚見《いちにまいみ》りゃじきおえる書籍《しょじゃく》なり　天元桜3

一、二枚見ればすぐに勃起する本だというのですが、この種の作品の宿命で、常に新しい刺激を加えていかなければ、すぐに飽きられてしまいます。そこで、単に写実的に「男女の情交の様子を描く」のではなくて、いろいろ奇抜なデフォルメが施されます。

絵空事腕《えそらごとうで》よりよほど太《ふと》く描《か》き　六八23

腕より太い男根が描かれているのは、まさに絵空事というより外はありません。

枕草紙《まくらぞうし》は曲取《きょくど》りの仕様帳《しようちょう》　末三13

「曲取り」は「正常でない体位で男女が性行為をすること」（『日国』）で、枕草紙はそのマニュアルのようなものだというのです。「正常でない」どころか、どう考えても上半身と下半身はそんなふうにねじれないだろうという絵も多いですね。

枕草紙《まくらぞうし》の通《とお》りにすれば寒《さむ》い　末四3

春画は見て楽しむものですから、登場人物は素っ裸で秘所がよく見えるようにしているわけですが、実際に同じようにすれば「寒い」と。とぼけていて可笑しい句です。寒いだけならまだしも、曲取りで筋を違えたりしないよう御用心！

【貸本屋】

春画は絵草紙屋などで売られていたようです。

これ内儀《ないぎ》して居《い》おる絵《え》は何文《なんもん》だ　末三31

この武骨かつ露骨な物言いは、浅黄裏でしょう。参勤交代で田舎へ帰るときのお土産にでもする気でしょうか。それにしても「して居おる絵」とは！
川柳では、主に貸本屋が枕草紙を持ってくることになっています。

貸本屋《かしほんや》無筆《むひつ》に貸《か》すも持《も》っている　八10

無筆（字の読めない人）も、絵を見れば楽しめます。

貸本屋《かしほんや》これはおよしと下《した》へ入《い》れ　五38

貸本屋が「この本は見るのはおよし」と枕草紙を下の方へ隠したというのですが、もちろん気を持たせる商売テクニックです。

忽然《こつぜん》とおえる書物《しょもつ》を本屋貸《ほんやか》し　筥二37

昔も今も、この種の本は「見ればおえる」男性が好むものとされていますが、どういうわけか貸本屋は女性にも見せています。

絵《え》の所《とこ》を御乳母《おうば》に見《み》せる貸本屋《かしほんや》　六八32

好《す》きな乳母《うば》本屋《ほんや》を叱《しか》り叱《しか》り見《み》る　末四23

絵の所を見せられた乳母が、「こんないやらしいものを見せて」などと貸本屋を叱りながら、食い入るように見ている光景です。川柳では乳母は好色という約束ですから、貸本屋が乳母にちょっかいをだしているのかもしれません。

嫁入《よめい》りはこうだと本屋《ほんや》そっと見《み》せ　明三仁6

「嫁入りすると、こんなことをするんだよ」と、娘に見せてからかっている様子です。そうすると娘は、

おやばからしいと本屋《ほんや》にぶっつける　五七9

と怒ったりしますが、実は、

あたり見回《みまわ》し絵《え》の所《ところ》娘《むすめ》明《あ》け　末四33
母《はは》の留守《るす》娘《むすめ》無筆《むひつ》の本《ほん》を出《だ》し　安七満2

というわけで、娘も興味津々の様子ではあります。

ってていたそうです。

【具足櫃】
「具足櫃《ぐそくびつ》」は、具足（甲冑類《かっちゅう》）を入れておく箱で、ここに枕絵を入れておく習わしにな
っていたそうです。

具足櫃中《ぐそくびつなか》に聖天摩利支天《しょうでんまりしてん》　九〇12

「聖天」は、象頭人身の男女が抱擁している姿の仏教守護神、「摩利支天」は三面六臂の武士の守護神です。つまり、具足櫃の中には、武士を護る具足と、男女抱擁する枕絵が入っているという意味です。

だんびらも長刀疵《なぎなたきず》も具足櫃《ぐそくびつ》　一五九28

「だんびら」は幅の広い刀ですが、ここでは男根のこと。「長刀疵」は女陰のことです。武具関連の語で枕絵を表現したのが手柄という句です。

出陣《しゅつじん》のせわしい中《なか》でおかしがり　明四亀戸

巻物《まきもの》を見《み》てもおえない負《ま》け戦《いくさ》　八四5

出陣のときは枕絵を見て可笑しがったりしますが、負け戦の後ではとてもおえる気分に

はなれません。ごもっともです。

泰平の江戸時代では、具足櫃は土用干しのときに出してくる程度の代物となります。

甲冑《かっちゅう》の傍《そば》に不埒《ふらち》な書《しょ》を曝《さら》し　安五亀3

御虫干《おむしぼ》しおやおやおやと下女《げじょ》は逃《に》げ　明五義3

甲冑の傍で枕絵も虫干しするので、それを見た下女が「おやおや」と逃げていくのです。

ひな形《がた》の通《とお》り具足《ぐそく》を干《ほ》した晩《ばん》　末三2

干した枕絵に刺激を受けて、その晩、枕絵をお手本にして取りかかったというのです。お手本にするのはいいですが、あまり無理な体位をしないように。

さて、最後に可笑しい句を一つ。

枕絵《まくらえ》の裏打《うらう》ちをする前九年《ぜんくねん》　拾五21

「前九年の役」は、源頼義《よりよし》・義家親子が陸奥の安倍一族を平定した戦いで、実際には十二年ほど続いたとされる長期戦です。それで、具足櫃の甲冑の類もボロボロになったでしょうが、その修理の傍ら枕絵の裏打ちもしただろうというわけです。雑兵たちが枕絵の補修をしている姿を想像すると、何とも間が抜けて可笑しい句です。

あとがき

さて、お読みいただいてご感想はいかがでしょうか。やはり「卑猥でみだらな」句ばかりだったでしょうか。「そうでもないね。可笑しい句がたくさんあったよ」とおっしゃっていただければ、本当に嬉しく思います。

前著『はじめての江戸川柳』でご紹介した句はすべて割愛しました。二番煎じは野暮ですから仕方がないのですが、面白い句がたくさんあり、お目に触れないのは残念ですので、図書館ででもご覧になっていただければ幸甚です。

今回も、多くの先人の業績を拝借いたしました。その中で最も参考にさせていただいたのが、『川柳末摘花輪講』（全四巻、太平書屋）です。輪講メンバーの西原亮・鴨下恭明・下山弘・山口由昭・八木敬一の各氏は、いずれも古川柳研究会会員で、私が親しく教えていただいた方ばかりです。亡くなられた方も多いのですが、頂戴した学恩に改めて感謝申し上げます。

また、これまでと同様、多くの方のお世話になりました。「破礼句」の本と聞いて尻込みする私を、たくみにその気にさせた平凡社新書編集部の編集長福田祐介さん、貴重な図版の転載を快く許していただいた太平書屋の浅川征一郎さん、執筆途中の原稿を読んで、的確なアドバイスをしてくださった方々、そして、いつも変わらず温かい応援の言葉を掛けて下さった知人・友人の皆さん、本当に有り難うございました。

私の所属する古川柳研究会は、老齢化が進み、会員数は漸減の一途を辿っています。このままの傾向が続けば、「風前の灯火」どころか風がなくても消えそうな状態です。私の本をお読みいただいたのがきっかけになって、江戸川柳（古川柳）に興味をもってくださる方が増えてほしい。そういう希望がこの本を書き上げる原動力になりました。引き続き、できる限りの努力を続けたいと思っています。よろしくお願い申し上げます。

平成二十六年一月

小栗清吾

参考文献

（一）川柳テキスト

『定本 誹風末摘花』（有光書房）
『誹風柳多留全集』（三省堂）
『初代川柳選句集』（岩波書店）
『誹風柳多留拾遺』（岩波書店）
『川柳評万句合勝句刷』（川柳雑俳研究会）

（二）辞典・事典類

『日本国語大辞典』（小学館）
『江戸語の辞典』（前田勇編　講談社学術文庫）
『江戸文学俗信辞典』（石川一郎編　東京堂出版）

（三）川柳関係参考資料

『川柳末摘花輪講』（前掲）
『定本 末摘花通解』（大曲駒村・冨士崎放江編著　書痴往来社）
『川柳末摘花詳釈』（岡田甫著　有光書房）

『川柳末摘花註解』（岡田甫著　第一出版社）
『古川柳艶句選』（岡田甫著　有光書房）
『川柳四目屋攷』（未知庵主人著　近世風俗研究会）
『川柳春画志』（花咲一男著　太平書屋）
『江戸の出合茶屋』（花咲一男著　三樹書房）
『江戸のかげま茶屋』（花咲一男著　三樹書房）
『江戸の庶民生活・行事事典』（渡辺信一郎著　東京堂出版）
『誹風柳多留』（初篇〜十篇）（佐藤要人他「教養文庫」社会思想社）
『誹風柳多留輪講』（十一篇〜三十一篇）（清博美他　三樹書房・川柳雑俳研究会）
『誹風柳多留拾遺研究』（初篇〜九篇）（清博美他　川柳雑俳研究会）

【著者】
小栗清吾（おぐり せいご）
1939年岐阜県生まれ。名古屋大学法学部卒業。三菱銀行（現三菱東京 UFJ 銀行）勤務を経て、江戸川柳研究に専念。古川柳研究会会員。江戸川柳研究会事務局長。著書に『はじめての江戸川柳――「なるほど」と「ニヤリ」を楽しむ』『江戸川柳 おもしろ偉人伝一〇〇』（ともに平凡社新書）があるほか、『誹風柳多留輪講』『誹風柳多留拾遺輪講』（川柳雑俳研究会）などの輪講シリーズをはじめ、共著書多数。

平 凡 社 新 書 7 1 7

男と女の江戸川柳

発行日――2014年1月15日 初版第1刷

著者――小栗清吾

発行者――石川順一

発行所――株式会社平凡社
東京都千代田区神田神保町3-29 〒101-0051
電話 東京（03）3230-6580［編集］
東京（03）3230-6572［営業］
振替 00180-0-29639

印刷・製本―図書印刷株式会社

装幀――菊地信義

ISBN978-4-582-85717-7
NDC 分類番号911.45 新書判（17.2cm） 総ページ256
平凡社ホームページ http://www.heibonsha.co.jp/